哈福

哈福

— 用聽的學50音，最輕鬆 —

世界最簡單

日語50音

學一次，用一輩子

附QR碼線上音檔
行動學習·即刷即聽

林小瑜・杉本愛莎
◎合著

日語50音，看這本就會了

哈福

50音是學習日語的最基礎功夫。《世界最簡單：日語50音》的創新特點，將讓您50音快速上手，學習無負擔！

本書內容編排分為平假名和片假名兩部分。依清音、濁音、半濁音以及拗音等分類。

其中，重音的高低標示，以五線譜說明，而每個平假名、片假名的學習，從認識字形來源和筆劃順序開始。

一、 「口耳練習」：配合線上MP3反覆練習5個母音和不同子音的重組。目的在於熟悉50音的口型變化,強調基礎聽力的養成。

二、 「圖解單字」：常用單字範例配合插圖，附記羅馬拼音。視覺印象將幫助學習更深刻。

三、 「動手練習」：依照每個假名的筆劃順序，臨摹習字學寫。

四、 「相似字」單元：強調假名之間的相同筆劃，加速辨識學習並強化記憶。

五、 全書內容MP3：標準東京音錄製，隨書贈送，QR Code 行動學習MP3音檔，免費下載，可以隨時隨地、隨心所欲，快速學會50音，效果立竿見影。

[清音]

清音實際使用的只有45音，加上撥音「ん」組成，通稱50音。

	あ段	い段	う段	え段	お段
あ行	a あ	i い	u う	e え	o お
か行	ka か	ki き	ku く	ke け	ko こ
さ行	sa さ	shi し	su す	se せ	so そ
た行	ta た	chi ち	tsu つ	te て	to と
な行	na な	ni に	nu ぬ	ne ね	no の
は行	ha は	hi ひ	fu ふ	he へ	ho ほ
ま行	ma ま	mi み	mu む	me め	mo も
や行	ya や	(い)	yu ゆ	(え)	yo よ
ら行	ra ら	ri り	ru る	re れ	ro ろ
わ行	wa わ	(い)	(う)	(え)	o を
撥音	n ん	「ん」也就是鼻音。撥音必須附在其他假名之下，與其他假名連用組成字詞。			

[濁音・半濁音]

▶ MP3 **04**

ga が	gi ぎ	gu ぐ	ge げ	go ご
za ざ	ji じ	zu ず	ze ぜ	zo ぞ
da だ	ji ぢ	zu づ	de で	do ど
ba ば	bi び	bu ぶ	be べ	bo ぼ
pa ぱ	pi ぴ	pu ぷ	pe ぺ	po ぽ

[拗音]

▶ MP3 **05**

kya きゃ	kyu きゅ	kyo きょ	hya ひゃ	hyu ひゅ	hyo ひょ
gya ぎゃ	gyu ぎゅ	gyo ぎょ	bya びゃ	byu びゅ	byo びょ
sha しゃ	shu しゅ	sho しょ	pya ぴゃ	pyu ぴゅ	pyo ぴょ
ja じゃ	ju じゅ	jo じょ	mya みゃ	myu みゅ	myo みょ
cha ちゃ	chu ちゅ	cho ちょ	rya りゃ	ryu りゅ	ryo りょ
nya にゃ	nyu にゅ	nyo にょ			

a	安	🖊	あ	→	あ
i	以	🖊	い	→	い
u	宇	🖊	う	→	う
e	衣	🖊	え	→	え
o	於	🖊	お	→	お

ta	太	🖊	た	→	た
chi	知	🖊	ち	→	ち
tsu	川	🖊	つ	→	つ
te	天	🖊	て	→	て
to	止	🖊	と	→	と

ka	加	🖊	か	→	か
ki	幾	🖊	き	→	き
ku	久	🖊	く	→	く
ke	計	🖊	け	→	け
ko	己	🖊	こ	→	こ

na	奈	🖊	な	→	な
ni	仁	🖊	に	→	に
nu	奴	🖊	ぬ	→	ぬ
ne	祢	🖊	ね	→	ね
no	乃	🖊	の	→	の

sa	左	🖊	さ	→	さ
shi	之	🖊	し	→	し
su	寸	🖊	す	→	す
se	世	🖊	せ	→	せ
so	曽	🖊	そ	→	そ

50音總表的橫列稱為「行」，直列稱為「段」。共有十行，五段。每行5個假名，每段10個假名。例如：「あいうえお」是あ行，以第1個字為名。「あかさたなはまやらわ」是あ段，以第1個字為名。

ha	波		は	→	は
hi	比		ひ	→	ひ
fu	不		ふ	→	ふ
he	部		へ	→	へ
ho	保		ほ	→	ほ

ra	良		ら	→	ら
ri	利		り	→	り
ru	留		る	→	る
re	礼		れ	→	れ
ro	呂		ろ	→	ろ

ma	末		ま	→	ま
mi	美		み	→	み
mu	武		む	→	む
me	女		め	→	め
mo	毛		も	→	も

wa	和		わ	→	わ
wo	遠		を	→	を
n	无		ん	→	ん

ya	也		や	→	や
yu	由		ゆ	→	ゆ
yo	与		よ	→	よ

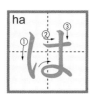

  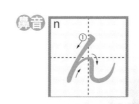

重音アクセント ▶ MP3 **06**

日語不同音節的高低起伏音調，屬於「高低重音」型。以東京音為準，分為「平版型」和「頭高型」、「中高型」、「尾高型」。一般用❶、❷…❻，或畫線在高音的假名上標示音調。

[平板型]⓪

第1音節(假名)低，第2音節(假名)以後音調升高，助詞的部份也唸高。

[頭高型] ❶

第1音節高，第2音節以後音調降低。

[中高型] ❷

第1音節低，第2音節調高，第3音節以後低。

[尾高型]

第1音節低，第2音節以後音調高，加上助詞時音調也唸低。

[平板型和尾高型的區別]

兩者基本上都是第1音節低，第2音節以後調高；但是加上助詞後，平板型的助詞音調高，尾高型的助詞音調低。例如：

日語單字的音節數是以其所有假名數為準。清音、濁音、半濁音，以及拗音、促音、長音都算為1音節(2拍)。

a

① ② ③

あ

あ → あ

あき
a ki 秋天

口耳練習

ああ	あい	あう
あえ	あおい	あおう

動手練習

★ ★ ★ ★ ★ ★ ★ ★ ★ ★ ★ ★ ★ ★ ★ ★

一	t	あ	あ				

i

① ②

し

ヽ→い

いえ
ie 家

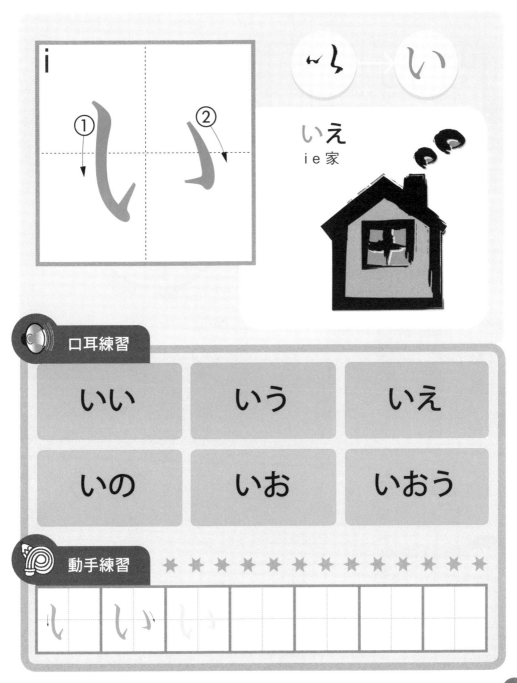

口耳練習

いい	いう	いえ
いの	いお	いおう

動手練習 ✦ ✦ ✦ ✦ ✦ ✦ ✦ ✦ ✦ ✦ ✦ ✦ ✦ ✦

い	い	い					

u

① ②

そ → う

うお
u o 魚

口耳練習

| うう | うい | うあ |
| あいう | おう | うおう |

動手練習 ★ ★ ★ ★ ★ ★ ★ ★ ★ ★ ★ ★ ★

う う う

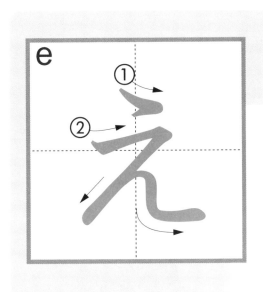

e

① ②

衣 → え

え
e 繪畫

口耳練習

ええ	えい	えあ
えお	えおい	えおう

動手練習

★ ★ ★ ★ ★ ★ ★ ★ ★ ★ ★ ★ ★

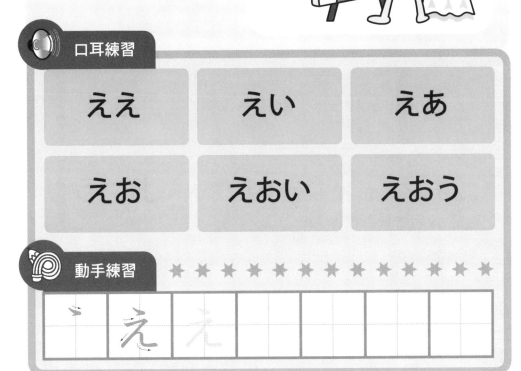

15

O

た → お

おう
ou 追趕

help me!!

口耳練習

おお	おい	おう
おえ	おおい	おいう

動手練習 ★ ★ ★ ★ ★ ★ ★ ★ ★ ★ ★ ★ ★ ★

お お お

か行

ka

加 → か

かき
ka ki 柿子

口耳練習

| かあ | かい | かう |
| かえ | かお | かき |

動手練習

⊃ カ か か

17

ki

③
①
②
④

き → き

きく
ki ku 聴

口耳練習

| きく | きけ | きこ |
| あき | いき | えき |

動手練習

★ ★ ★ ★ ★ ★ ★ ★ ★ ★ ★ ★ ★

| ー | ニ | き | き | き | | | |

ku

① く

く → く

くじら
ku zi ra 鯨魚

口耳練習

| くい | くう | あく |
| いく | きく | くこう |

動手練習

★ ★ ★ ★ ★ ★ ★ ★ ★ ★ ★ ★ ★ ★ ★

| く | く | | | | | | |

ke

① ② ③

け

計 → け

いけ
i ke 池塘

口耳練習

あけ	いけ	うけ
かけ	きけ	こけ

動手練習 ★ ★ ★ ★ ★ ★ ★ ★ ★ ★ ★ ★ ★ ★

い　い　け　け

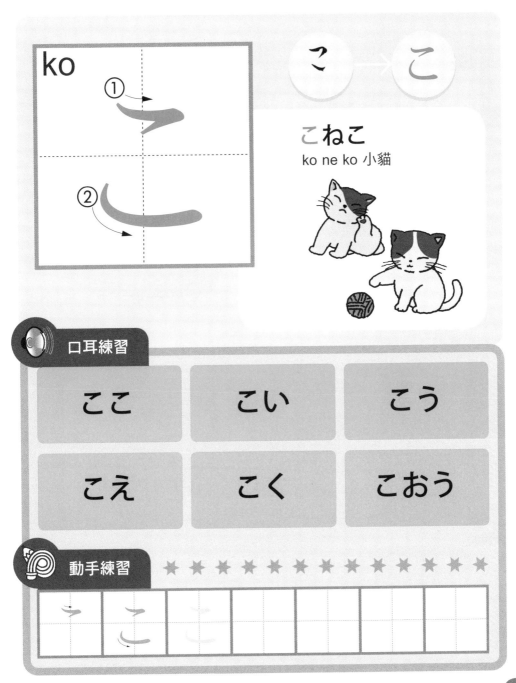

ko

こ → こ

こねこ
ko ne ko 小貓

口耳練習

ここ	こい	こう
こえ	こく	こおう

動手練習

★ ★ ★ ★ ★ ★ ★ ★ ★ ★ ★ ★ ★ ★

sa

① ② ③

さ → さ

さしみ
sa shi mi 生魚片

口耳練習

| さあ | さい | さえ |
| さく | さけ | さし |

動手練習

★ ★ ★ ★ ★ ★ ★ ★ ★ ★ ★ ★ ★ ★

一　さ　さ　さ

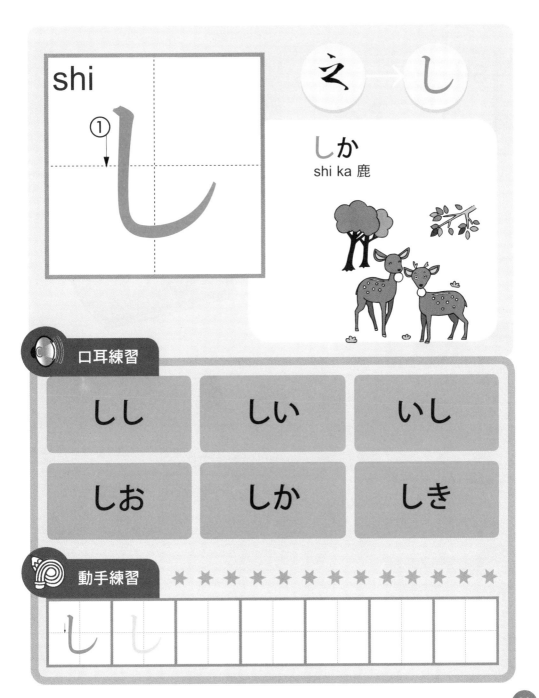

shi

え → し

しか
shi ka 鹿

口耳練習

| しし | しい | いし |
| しお | しか | しき |

動手練習

★ ★ ★ ★ ★ ★ ★ ★ ★ ★ ★ ★ ★ ★ ★ ★

し し

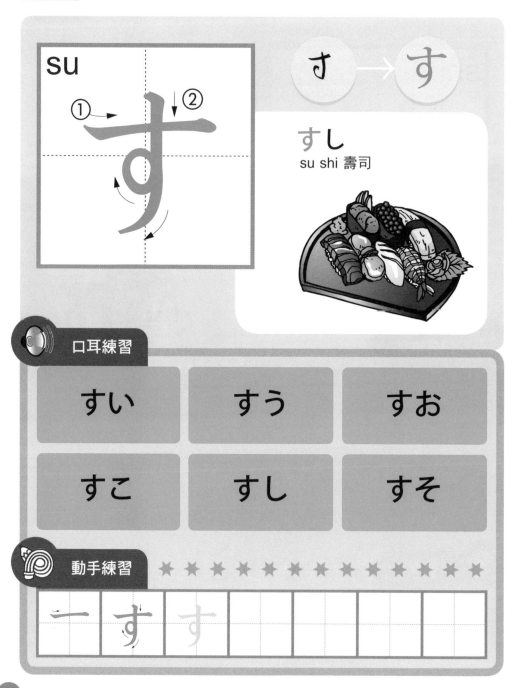

su

① → ②

す → す

すし
su shi 壽司

口耳練習

| すい | すう | すお |
| すこ | すし | すそ |

動手練習 ★ ★ ★ ★ ★ ★ ★ ★ ★ ★ ★ ★ ★ ★ ★ ★

一 す す

se

① ② ③
せ

せ → せ

せみ
se mi 禪

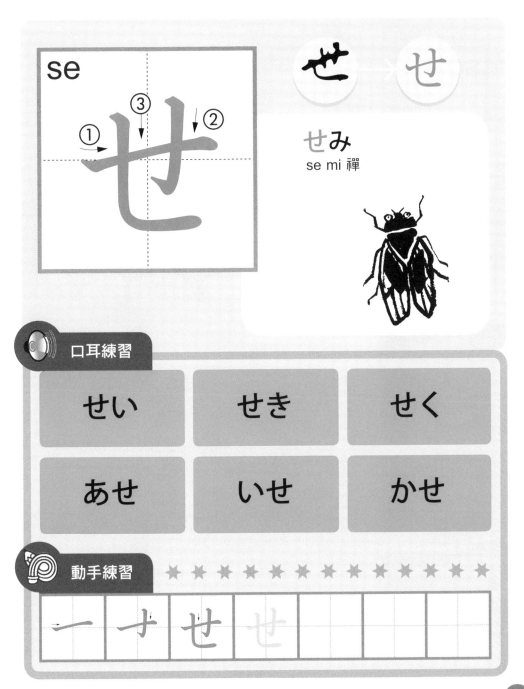

口耳練習

| せい | せき | せく |
| あせ | いせ | かせ |

動手練習 ★ ★ ★ ★ ★ ★ ★ ★ ★ ★ ★ ★ ★ ★ ★ ★

| 一 | 十 | せ | せ | | | | |

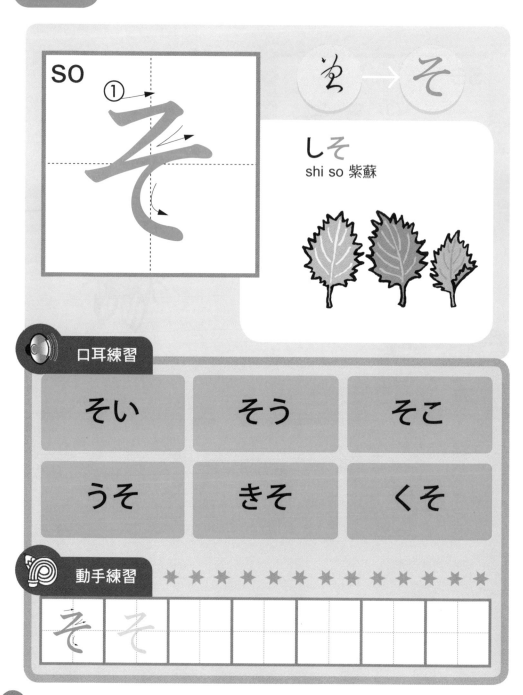

SO

① そ

せ → そ

しそ
shi so 紫蘇

口耳練習

そい	そう	そこ
うそ	きそ	くそ

動手練習 ★ ★ ★ ★ ★ ★ ★ ★ ★ ★ ★ ★ ★ ★ ★ ★ ★ ★ ★

そ | そ | | | | | | | |

▶ MP3 **10**

ta

① ② ③ ④

た → た

たい
ta i 鯛魚

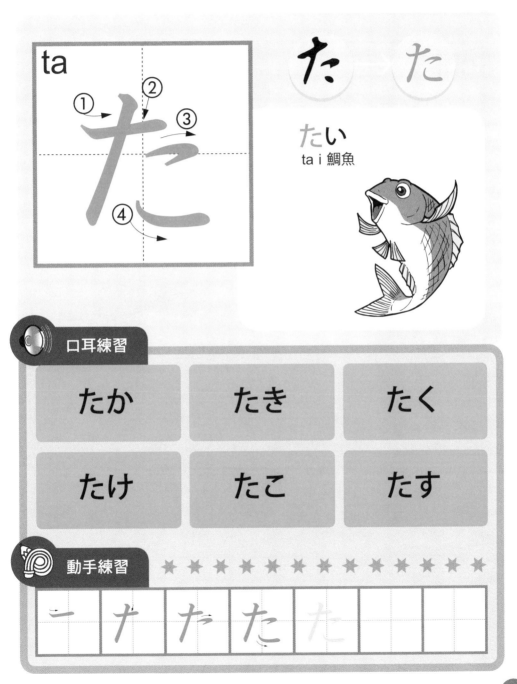

口耳練習

たか	たき	たく
たけ	たこ	たす

動手練習

✳ ✳ ✳ ✳ ✳ ✳ ✳ ✳ ✳ ✳ ✳ ✳ ✳ ✳ ✳ ✳

ー	ナ	た	た	た		

chi

ろ → ち

ちち
chi chi 爸爸

口耳練習

| ちい | ちえ | ちか |
| ちき | ちく | ちそ |

動手練習 ★ ★ ★ ★ ★ ★ ★ ★ ★ ★ ★ ★ ★ ★ ★ ★ ★ ★

tsu

① →

つ

つ → つ

つき
tsu ki 月亮

つい	つえ	つき
つく	つけ	つち

動手練習 ✦ ✦ ✦ ✦ ✦ ✦ ✦ ✦ ✦ ✦ ✦ ✦ ✦ ✦ ✦

つ	つ						

te

① →

て → て

てぶくろ
te bu ku ro 手套

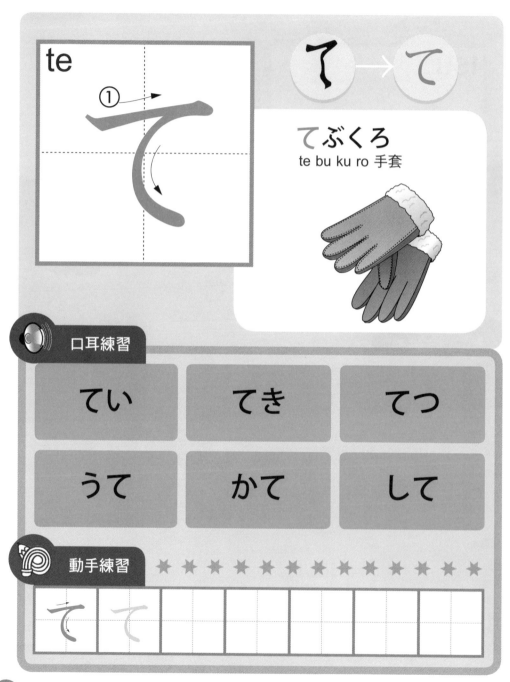

口耳練習

てい	てき	てつ
うて	かて	して

動手練習 ★ ★ ★ ★ ★ ★ ★ ★ ★ ★ ★ ★ ★ ★ ★ ★

て	て							

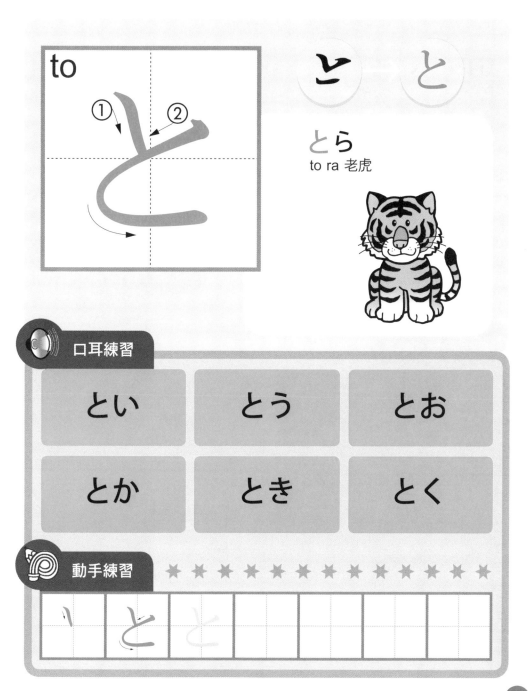

to

と と

とら
to ra 老虎

口耳練習

| とい | とう | とお |
| とか | とき | とく |

動手練習 ★ ★ ★ ★ ★ ★ ★ ★ ★ ★ ★ ★ ★ ★ ★ ★ ★ ★ ★

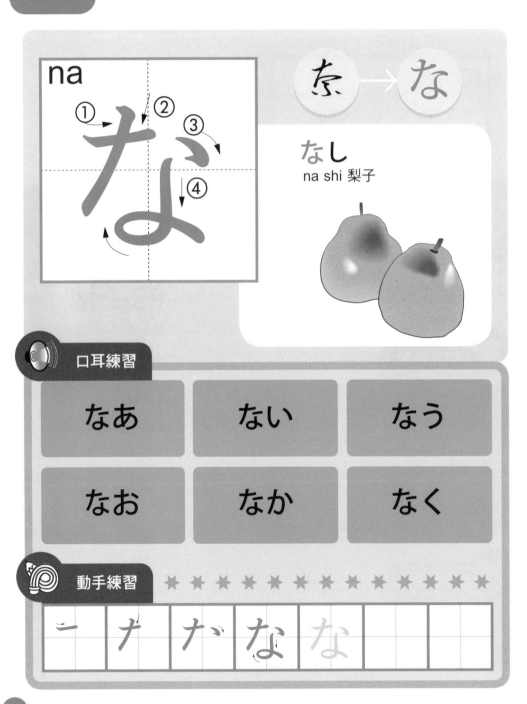

na

① ② ③ ④

奈 → な

なし
na shi 梨子

口耳練習

| なあ | ない | なう |
| なお | なか | なく |

動手練習 ★★★★★★★★★★★★★★★★★

一 ナ ナ な な

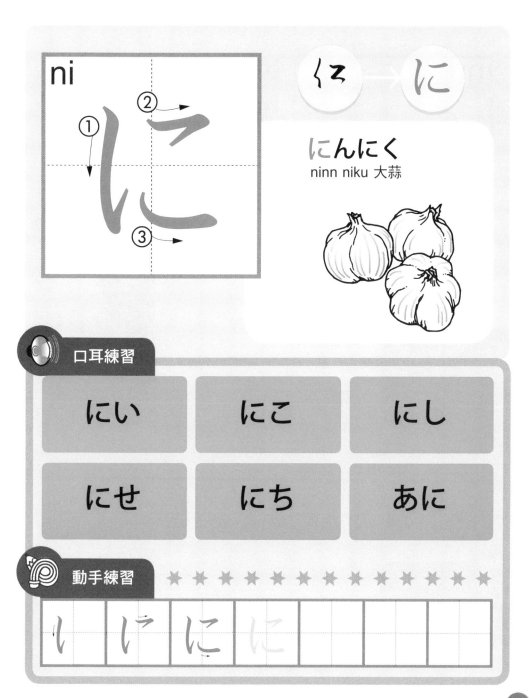

ni

② ③ ①

仁 → に

にんにく
ninn niku 大蒜

口耳練習

| にい | にこ | にし |
| にせ | にち | あに |

動手練習 ★ ★ ★ ★ ★ ★ ★ ★ ★ ★ ★ ★ ★ ★

| い | に | に | に | | | | |

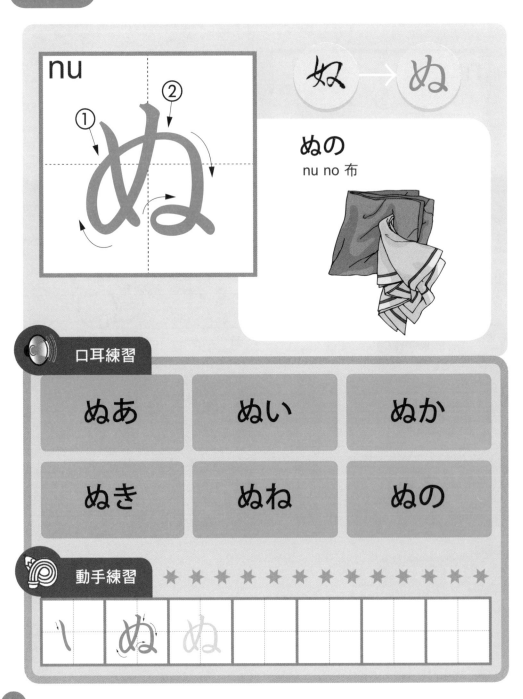

nu

奴 → ぬ

ぬの
nu no 布

口耳練習

| ぬあ | ぬい | ぬか |
| ぬき | ぬね | ぬの |

動手練習 ★★★★★★★★★★★★★★★★

い ぬ ぬ

ne

① ②

祢 → ね

ねぎ
ne gi 蔥

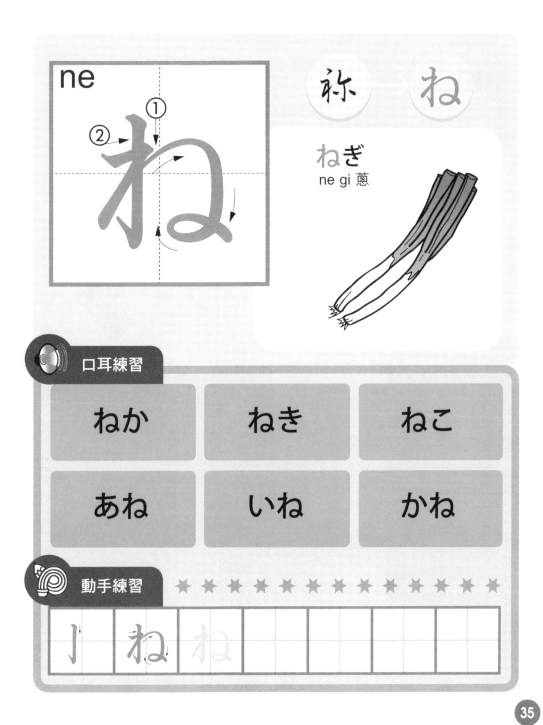

口耳練習

ねか	ねき	ねこ
あね	いね	かね

動手練習

★ ★ ★ ★ ★ ★ ★ ★ ★ ★ ★ ★ ★ ★ ★ ★ ★

㇉	ね	ね					

no

乃 → の

のり
no ri 海苔

口耳練習

| のて | のに | あの |
| うの | おの | この |

動手練習 ★ ★ ★ ★ ★ ★ ★ ★ ★ ★ ★ ★ ★ ★ ★ ★

の の

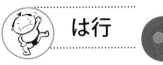
ha

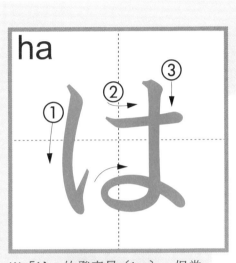

① ② ③

※「は」的發音是〔ha〕，但當
　助詞用時要讀〔wa〕。

はは
ha ha 媽媽

はあ	はい	はう
はえ	はか	はき

動手練習　★ ★ ★ ★ ★ ★ ★ ★ ★ ★ ★ ★ ★ ★ ★ ★ ★

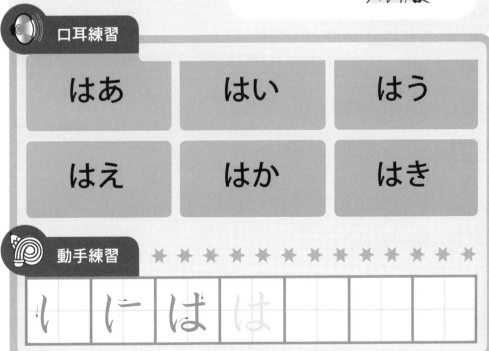

ｈ	ｈ゛	は	は				

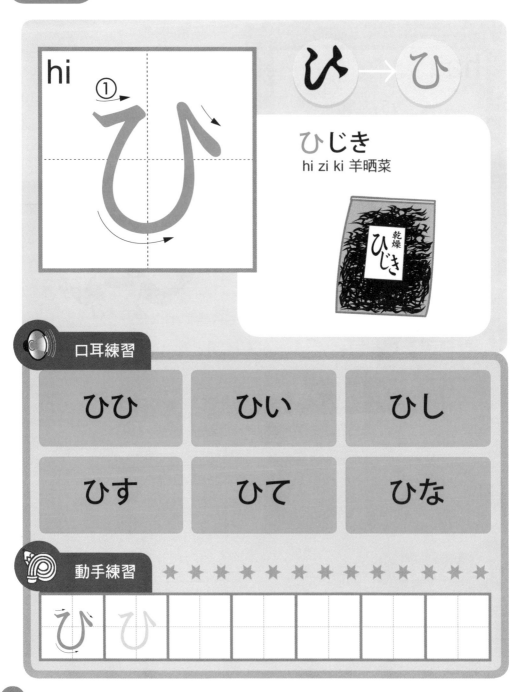

hi

ひ → ひ

ひじき
hi zi ki 羊晒菜

乾燥 ひじき

口耳練習

| ひひ | ひい | ひし |
| ひす | ひて | ひな |

動手練習

★ ★ ★ ★ ★ ★ ★ ★ ★ ★ ★ ★ ★ ★ ★ ★

ひ ひ

fu

① ② ③ ④

ふ　ふ

ふぐ
fu gu 河豚

口耳練習

| ふい | ふう | ふき |
| ふく | ふけ | ふね |

動手練習

★ ★ ★ ★ ★ ★ ★ ★ ★ ★ ★ ★ ★ ★ ★ ★ ★ ★

ぶ　ふ　ふ　ふ　ふ

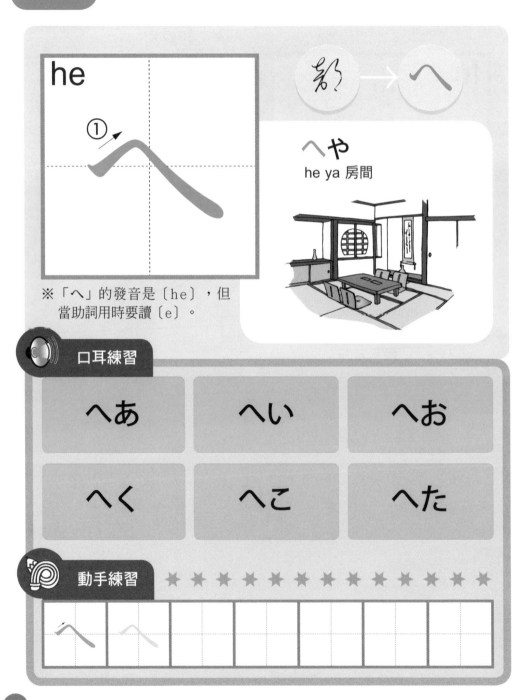

he

① へ

※「へ」的發音是〔he〕，但當助詞用時要讀〔e〕。

へや
he ya 房間

口耳練習

へあ	へい	へお
へく	へこ	へた

動手練習 ★ ★ ★ ★ ★ ★ ★ ★ ★ ★ ★ ★ ★ ★ ★ ★

へ　へ

ho

保 → ほ

ほね
ho ne 骨頭

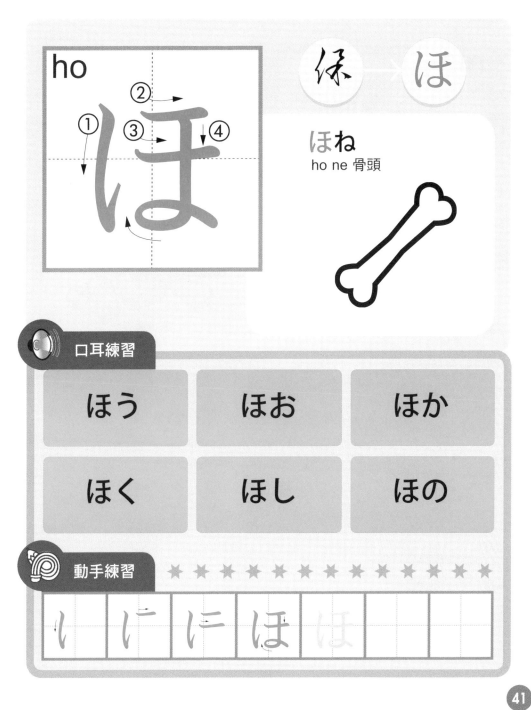

口耳練習

| ほう | ほお | ほか |
| ほく | ほし | ほの |

動手練習

★ ★ ★ ★ ★ ★ ★ ★ ★ ★ ★ ★ ★ ★ ★ ★ ★ ★ ★

ほ　ほ

▶ MP3 **13**

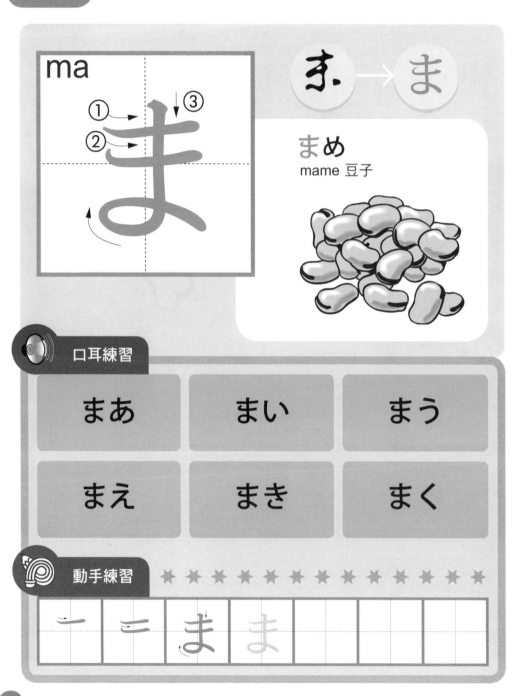

ma

ま → ま

まめ
mame 豆子

口耳練習

| まあ | まい | まう |
| まえ | まき | まく |

動手練習 ✴✴✴✴✴✴✴✴✴✴✴✴✴✴✴

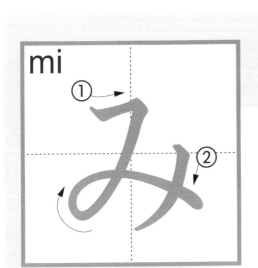

mi

美　み

はさみ
ha sa mi 剪刀

口耳練習

みき	みこ	みせ
みそ	みち	みな

動手練習　* * * * * * * * * * * * * * *

み	み	み				

mu

① ② ③

む

む → む

むね
mu ne 胸部

口耳練習

むか	むき	むく
むし	むた	むね

動手練習 ✦✦✦✦✦✦✦✦✦✦✦✦✦

ー	む	む	む				

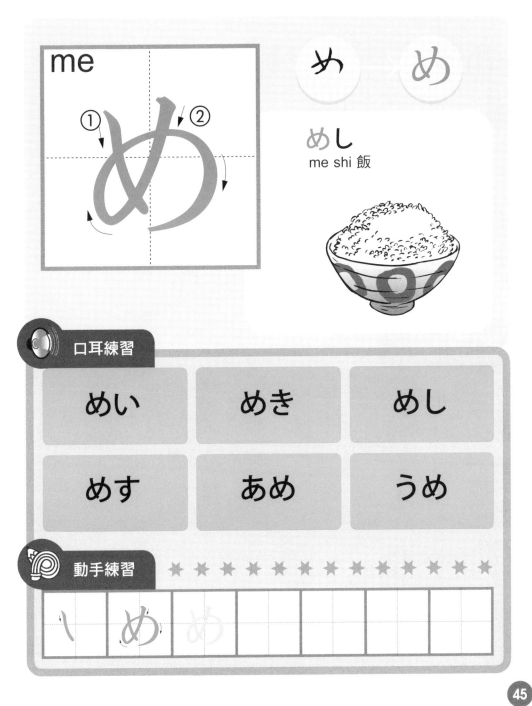

me

① ②
め

め　め

めし
me shi 飯

口耳練習

めい	めき	めし
めす	あめ	うめ

動手練習

✱ ✱ ✱ ✱ ✱ ✱ ✱ ✱ ✱ ✱ ✱ ✱ ✱ ✱ ✱ ✱

＼	め	め					

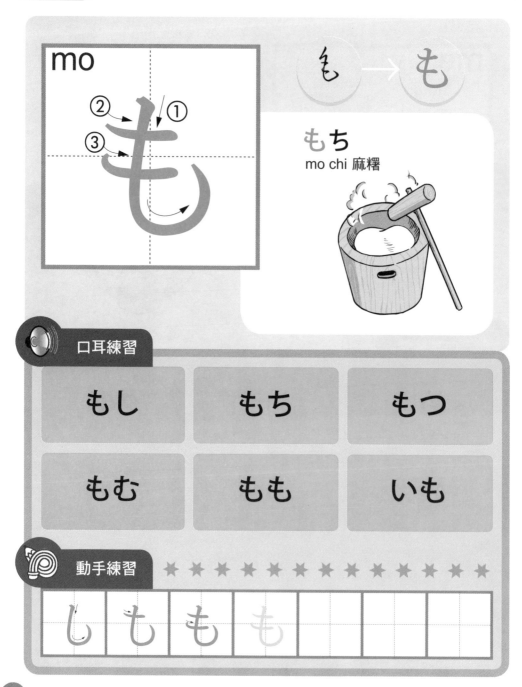

mo

① ② ③

も → も

もち
mo chi 麻糬

口耳練習

もし	もち	もつ
もむ	もも	いも

動手練習 ★ ★ ★ ★ ★ ★ ★ ★ ★ ★ ★ ★ ★

ya

① ② ③
や

や や

や
ya 箭

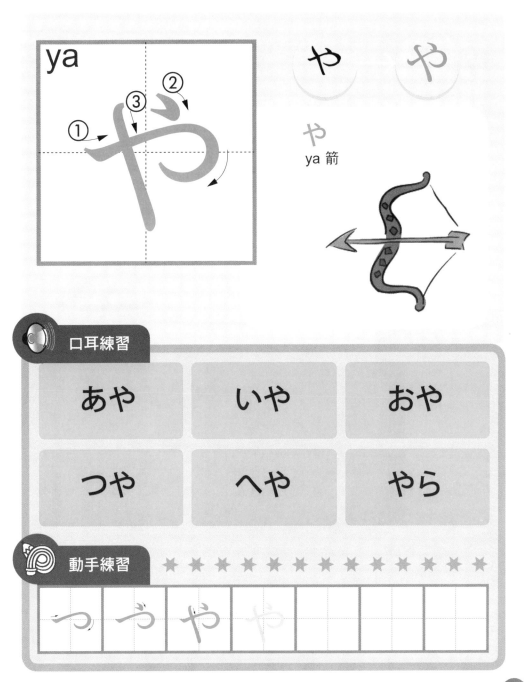

口耳練習

あや	いや	おや
つや	へや	やら

動手練習 ✦ ✦ ✦ ✦ ✦ ✦ ✦ ✦ ✦ ✦ ✦ ✦ ✦ ✦ ✦

つ づ や や

yu

ゆ → ゆ

ゆめ
yu me 夢

口耳練習

| あゆ | おゆ | つゆ |
| ふゆ | ゆれ | ゆろ |

動手練習 ★ ★ ★ ★ ★ ★ ★ ★ ★ ★ ★ ★ ★ ★ ★ ★

| ゆ | ゆ | ゆ | | | | | |

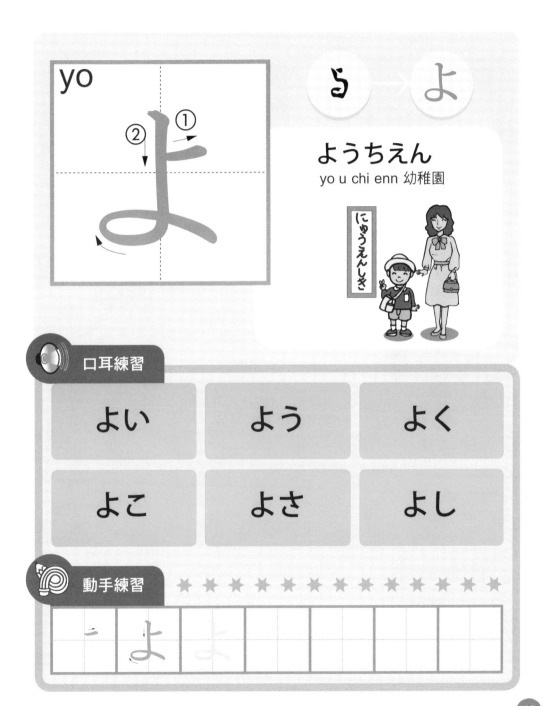

yo

ら → よ

ようちえん
yo u chi enn 幼稚園

にゅうえんしき

口耳練習

よい	よう	よく
よこ	よさ	よし

動手練習 ★ ★ ★ ★ ★ ★ ★ ★ ★ ★ ★ ★ ★ ★ ★ ★

MP3 15

ra

ら → ら

さくら
sa ku ra 櫻花

口耳練習

| あら | から | さら |
| たら | なら | らい |

動手練習

★ ★ ★ ★ ★ ★ ★ ★ ★ ★ ★ ★ ★ ★ ★ ★

ri

① ②

り　り

あり
a ri 螞蟻

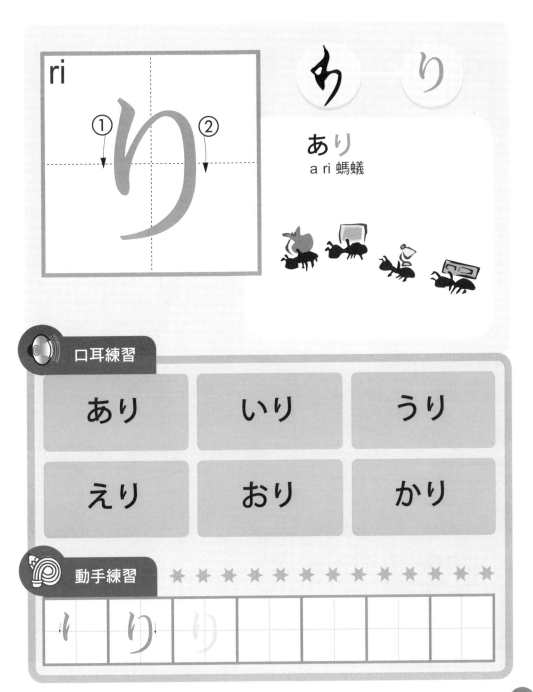

口耳練習

あり	いり	うり
えり	おり	かり

動手練習 ★ ★ ★ ★ ★ ★ ★ ★ ★ ★ ★ ★ ★ ★

り　り　り

ru

① →

る → る

つる
tsu ru 鶴

口耳練習

ある	いる	うる
える	おる	きる

動手練習 ★ ★ ★ ★ ★ ★ ★ ★ ★ ★ ★ ★ ★ ★ ★ ★

る　る

re

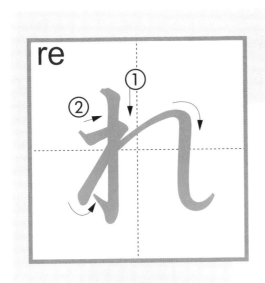

れんこん
renn konn 蓮藕

口耳練習

あれ	かれ	され
たれ	なれ	はれ

動手練習

★ ★ ★ ★ ★ ★ ★ ★ ★ ★ ★ ★ ★ ★

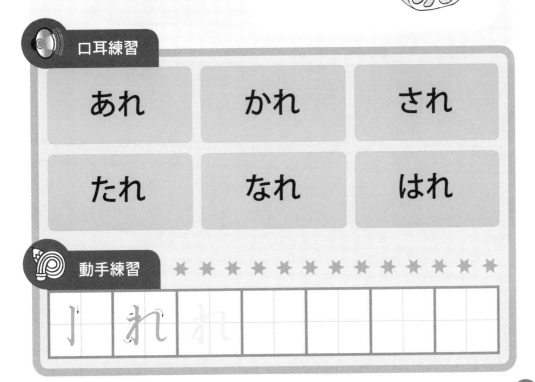

ro

① →

ろ → ろ

ろうば
rou ba 老婆婆

口耳練習

ろい	いろ	ろう
うろ	ろく	ころ

動手練習 ★ ★ ★ ★ ★ ★ ★ ★ ★ ★ ★ ★ ★ ★

ろ　ろ

wa

① ②

わ

わに
wa ni 鱷魚

口耳練習

| あわ | しわ | せわ |
| にわ | はまやらわ |

動手練習

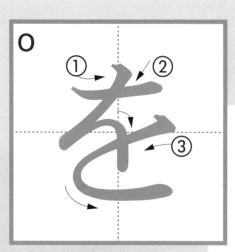

O

じをかく

zi wo ka ku 寫字

※「を」的發音是〔o〕，當助
詞用。但是在日文輸入法，
拼音為〔wo〕。

動手練習

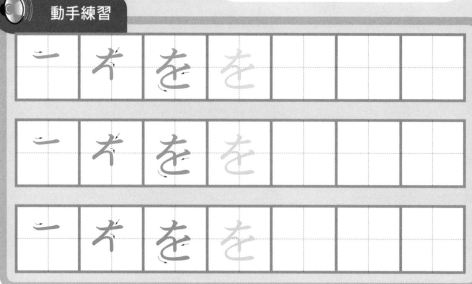

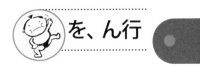

n

① ん

え → ん

ほん
honn 書

口耳練習

あん	かん	さん
なん	はん	らん

動手練習 ✦ ✦ ✦ ✦ ✦ ✦ ✦ ✦ ✦ ✦ ✦ ✦ ✦ ✦ ✦

ん	ん					

平假名 相似字

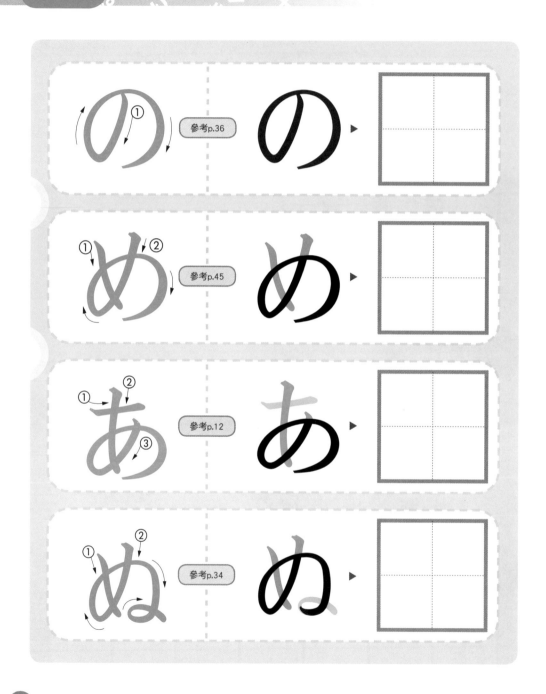

の　参考p.36　の ▶

め　参考p.45　め ▶

あ　参考p.12　あ ▶

ぬ　参考p.34　ぬ ▶

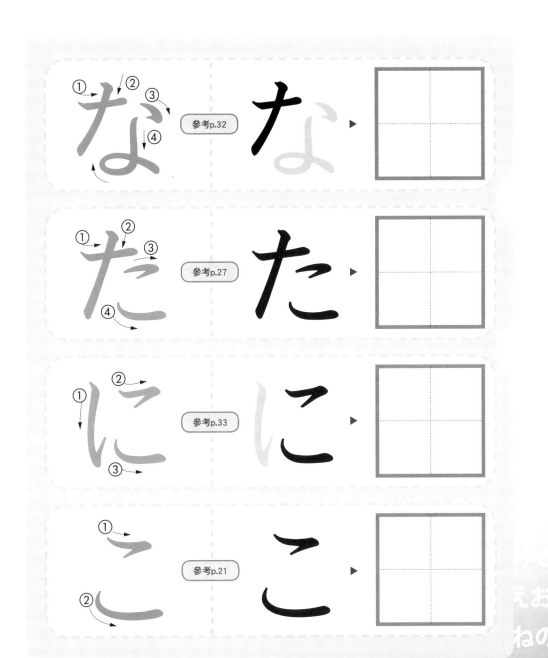

① ② ③ ④ な 参考p.32 な ▶

① ② ③ ④ た 参考p.27 た ▶

① ② ③ に 参考p.33 に ▶

① ② こ 参考p.21 こ ▶

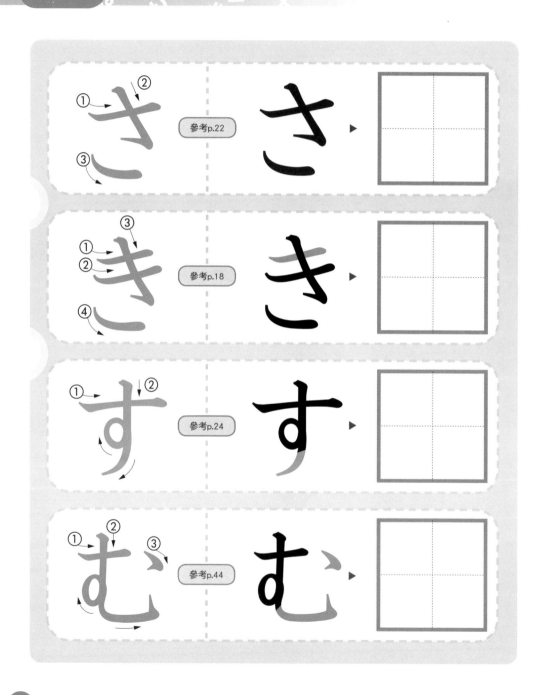

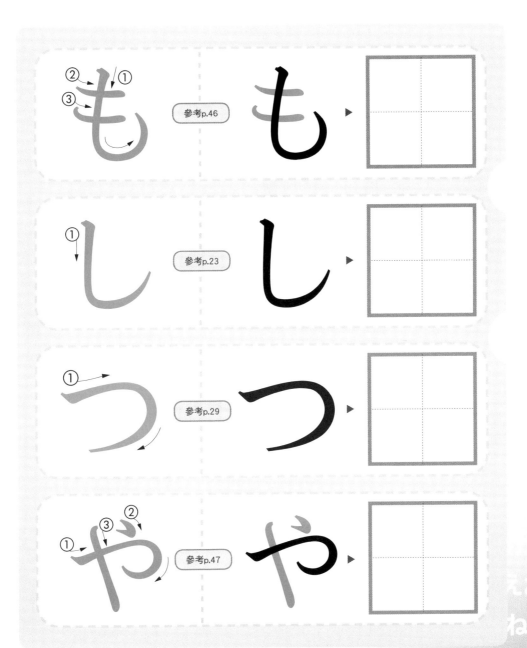

② ① も
③
参考p.46
も ▸

① し
参考p.23
し ▸

① つ
参考p.29
つ ▸

③ ② や
①
参考p.47
や ▸

えお
ねの

つてと かきくけこ

やはふへほ あいうえお

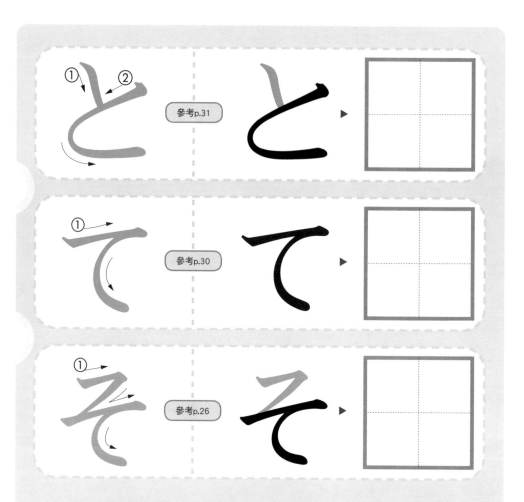

と 參考p.31 と ▶

て 參考p.30 て ▶

そ 參考p.26 そ ▶

　　日語假名依發音來分，有清音、撥音(鼻音)、濁音、半濁音、拗音、促音、長音等七種。一個假名是一個發音單位，大都是由一個字音和一個母音構成。日語基本上是以母音結尾，而日語只有5個丹姆音（あいうえお）。

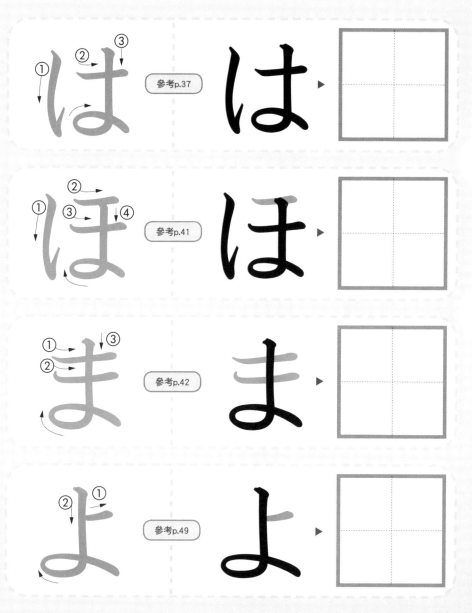

参考p.37

は ▶

参考p.41

ほ ▶

参考p.42

ま ▶

参考p.49

よ ▶

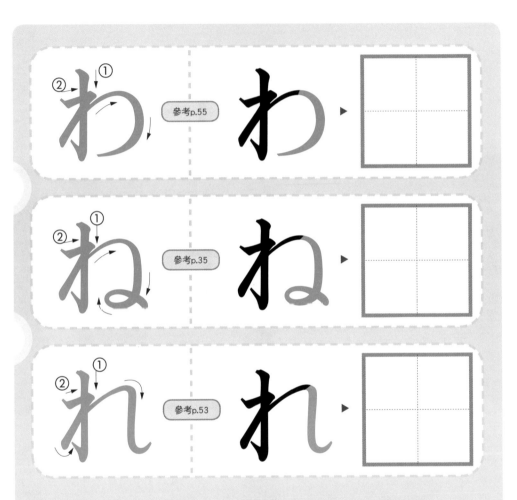

　「平假名」是日語使用最頻繁的表音文字，由漢字的草書所造。用以標示日本固有的詞彙或漢語發音。「片假名」是由漢字偏旁所造。用以標示音譯的外來語、擬聲語和擬態語、特別強調的語彙或較難的漢字。

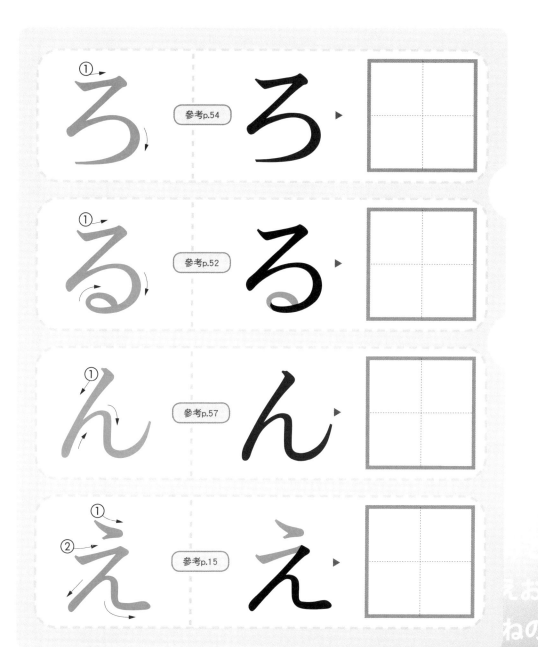

[濁音] 「か行」「さ行」「た行」「は行」＋「゛」。

ga
が

gi
ぎ

gu
ぐ

ge
げ

go
ご

濁音的「じ (ji)」和「ぢ (ji)」同音。「ず (zu)」和「づ (zu)」同音。
書寫時用「じ」、「ず」，少數例外才用「ぢ」、「づ」。

za

ざ

ji

じ

zu

ず

ze

ぜ

zo

ぞ

えお

ねねの

かきくけこ

やはふへほ あいうえお

da	だ	

ji	ぢ	

zu	づ	

de	で	

do	ど	

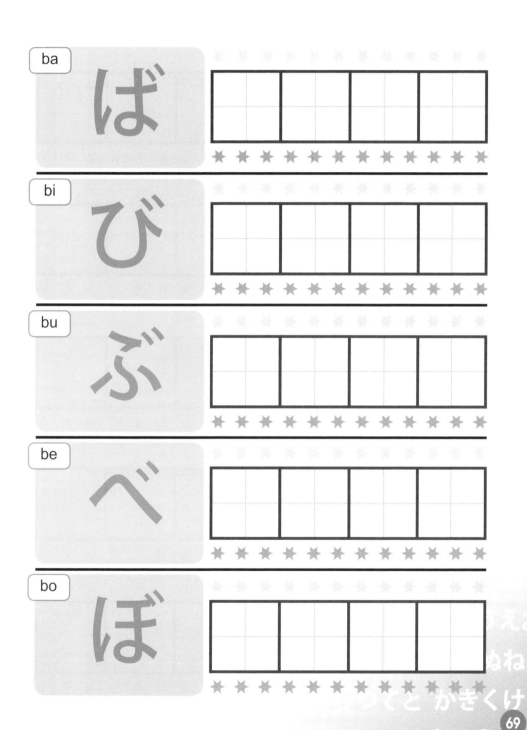

ba

ば

bi

び

bu

ぶ

be

べ

bo

ぼ

 ▶MP3 **21**

[半濁音] は行（は、ひ、ふ、へ、ほ）＋「゜」。

pa

ぱ

pi

ぴ

pu

ぷ

pe

ぺ

po

ぽ

［拗音］ い段子音+小寫的や、ゆ、よ。

kya
きゃ

kyu
きゅ

kyo
きょ

gya
ぎゃ

gyu
ぎゅ

gyo
ぎょ

[半濁音]

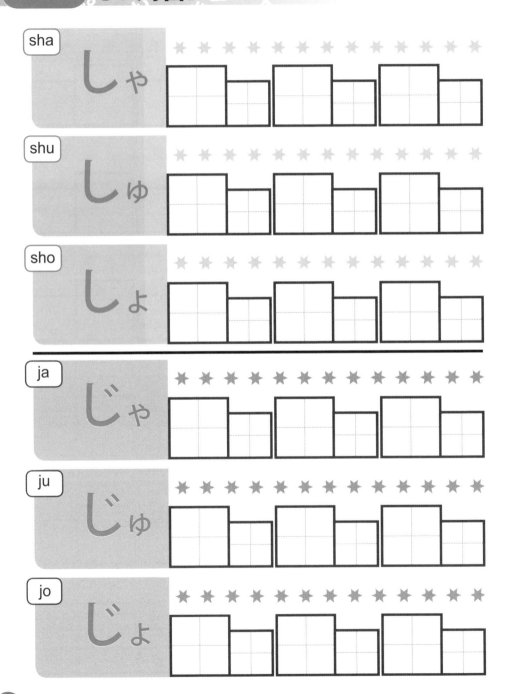

sha　しゃ

shu　しゅ

sho　しょ

ja　じゃ

ju　じゅ

jo　じょ

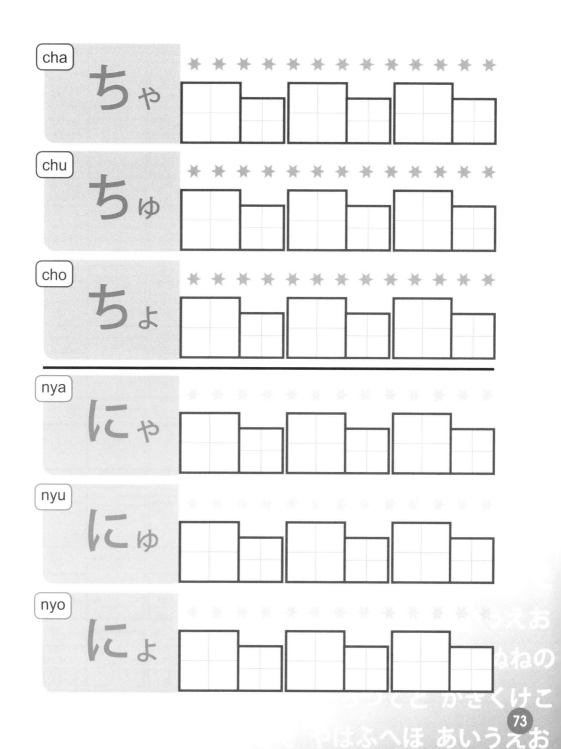

cha　ちゃ

chu　ちゅ

cho　ちょ

nya　にゃ

nyu　にゅ

nyo　にょ

[半濁音]

hya	ひゃ
hyu	ひゅ
hyo	ひょ
bya	びゃ
byu	びゅ
byo	びょ
pya	ぴゃ
pyu	ぴゅ
pyo	ぴょ

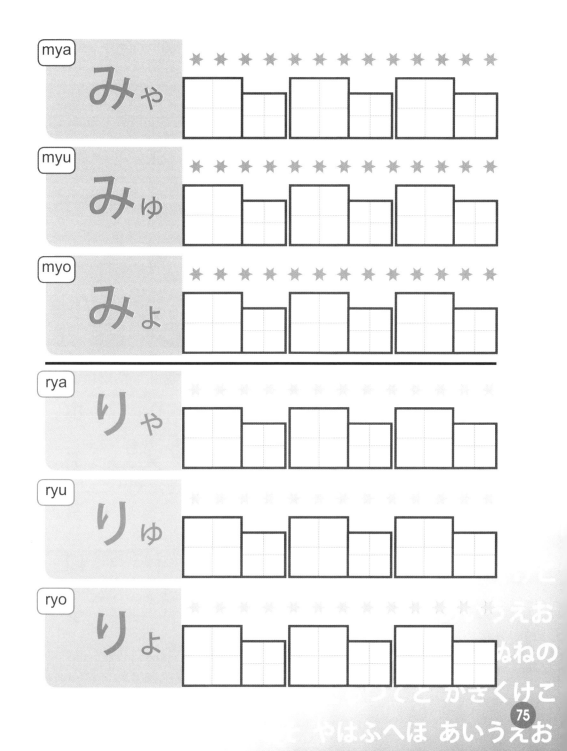

mya	みゃ
myu	みゅ
myo	みょ
rya	りゃ
ryu	りゅ
ryo	りょ

片假名 **50總音表**

[清音] 清音實際使用的只有45音，加上撥音「ン」組成，通稱50音。

	あ段		い段		う段		え段		お段	
あ行	a	ア	i	イ	u	ウ	e	エ	o	オ
か行	ka	カ	ki	キ	ku	ク	ke	ケ	ko	コ
さ行	sa	サ	shi	シ	su	ス	se	セ	so	ソ
た行	ta	タ	chi	チ	tsu	ツ	te	テ	to	ト
な行	na	ナ	ni	ニ	nu	ヌ	ne	ネ	no	ノ
は行	ha	ハ	hi	ヒ	fu	フ	he	ヘ	ho	ホ
ま行	ma	マ	mi	ミ	mu	ム	me	メ	mo	モ
や行	ya	ヤ			yu	ユ			yo	ヨ
ら行	ra	ラ	ri	リ	ru	ル	re	レ	ro	ロ
わ行	wa	ワ							o	ヲ
撥音	n	ン	「ン」也就是鼻音。撥音必須附在其他假名之下，與其他假名連用組成字詞。							

76

[濁音・半濁音]

▶ MP3 **25**

ga	ガ	gi	ギ	gu	グ	ge	ゲ	go	ゴ
za	ザ	ji	ジ	zu	ズ	ze	ゼ	zo	ゾ
da	ダ	ji	ヂ	zu	ヅ	de	デ	do	ド
ba	バ	bi	ビ	bu	ブ	be	ベ	bo	ボ
pa	パ	pi	ピ	pu	プ	pe	ペ	po	ポ

[拗音]

▶ MP3 **26**

kya	キャ	kyu	キュ	kyo	キョ	hya	ヒャ	hyu	ヒュ	hyo	ヒョ
gya	ギャ	gyu	ギュ	gyo	ギョ	bya	ビャ	byu	ビュ	byo	ビョ
sha	シャ	shu	シュ	sho	ショ	pya	ピャ	pyu	ピュ	pyo	ピョ
ja	ジャ	ju	ジュ	jo	ジョ	mya	ミャ	myu	ミュ	myo	ミョ
cha	チャ	chu	チュ	cho	チョ	rya	リャ	ryu	リュ	ryo	リョ
nya	ニャ	nyu	ニュ	nyo	ニョ						

77

片假名 字源表

a	阿	→	ア
i	伊	→	イ
u	宇	→	ウ
e	江	→	エ
o	於	→	オ

ta	多	→	タ
chi	千	→	チ
tsu	川	→	ツ
te	天	→	テ
to	止	→	ト

ka	加	→	カ
ki	幾	→	キ
ku	久	→	ク
ke	介	→	ケ
ko	己	→	コ

na	奈	→	ナ
ni	二	→	ニ
nu	奴	→	ヌ
ne	祢	→	ネ
no	乃	→	ノ

sa	散	→	サ
shi	之	→	シ
su	須	→	ス
se	世	→	セ
so	曾	→	ソ

50音總表的橫列稱為「行」，直列稱為「段」。共有十行，五段。每行5個假名，每段10個假名。例如：「アエウイオ」是ア行，以第1個字為名。「アカサタナハマヤラワ」是ア段，以第1個字為名。

78

ha	八	→	ハ
hi	比	→	ヒ
fu	不	→→	フ
he	部	→	ヘ
ho	保	→	ホ

ra	良	→	ラ
ri	利	→	リ
ru	流	→	ル
re	礼	→	レ
ro	呂	→	ロ

ma	末	→	マ
mi	三	→	ミ
mu	牟	→	ム
me	女	→	メ
mo	毛	→	モ

wa	和	→	ワ
wo	乎	→	ヲ
n	尓	→	ン

ya	也	→	ヤ
yu	由	→	ユ
yo	与	→	ヨ

うえお
なにぬねの
てと かきくけこ
やはふへほ あいうえお

79

片假名 筆順表

片假名筆順表

ha	hi	fu	he	ho
ma	mi	mu	me	mo
ya		yu		yo
ra	ri	ru	re	ro
wa	o	鼻音 n 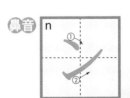		

うえお
なにぬねの
でと かきくけこ
はふへほ あいうえお

81

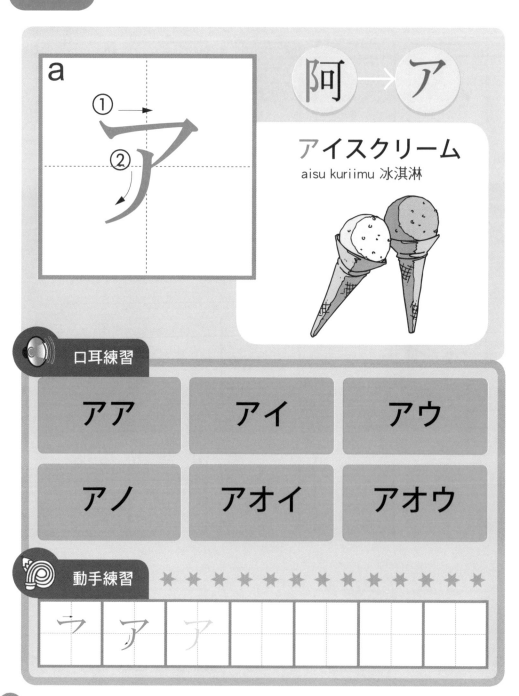

a

①→②

阿 → ア

アイスクリーム
aisu kuriimu 冰淇淋

口耳練習

アア	アイ	アウ
アノ	アオイ	アオウ

動手練習

★ ★ ★ ★ ★ ★ ★ ★ ★ ★ ★ ★ ★ ★

ア　ア　ア

i

① ②

伊 → イ

インコ
inn ko 鸚鵡

口耳練習

| イイ | イウ | イエ |
| イオ | イオウ | イア |

動手練習 ★ ★ ★ ★ ★ ★ ★ ★ ★ ★ ★ ★ ★

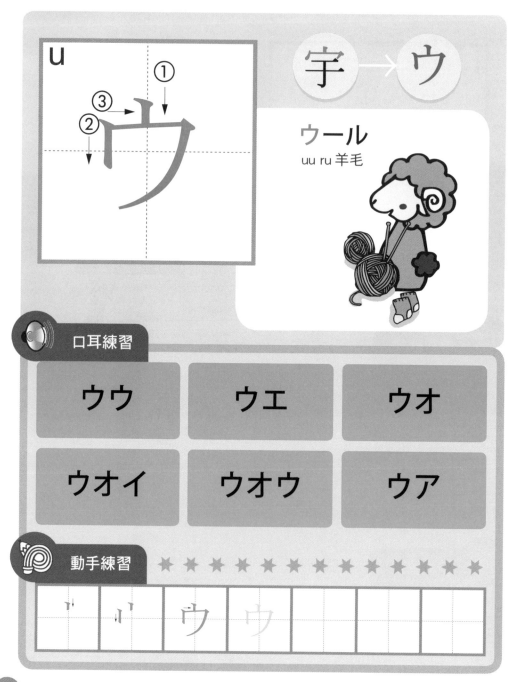

u

宇 → ウ

ウール
uu ru 羊毛

口耳練習

| ウウ | ウエ | ウオ |
| ウオイ | ウオウ | ウア |

動手練習

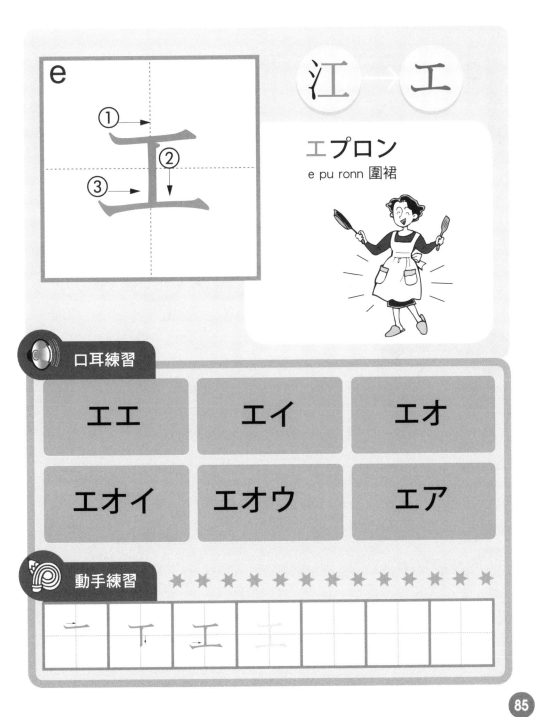

e

江 → エ

エプロン
e pu ronn 圍裙

口耳練習

| エエ | エイ | エオ |
| エオイ | エオウ | エア |

動手練習 ★ ★ ★ ★ ★ ★ ★ ★ ★ ★ ★ ★ ★ ★ ★ ★

O

① → ② ↓ ③ →

才

於 → オ

オレンジ
o re nn zi 柳橙

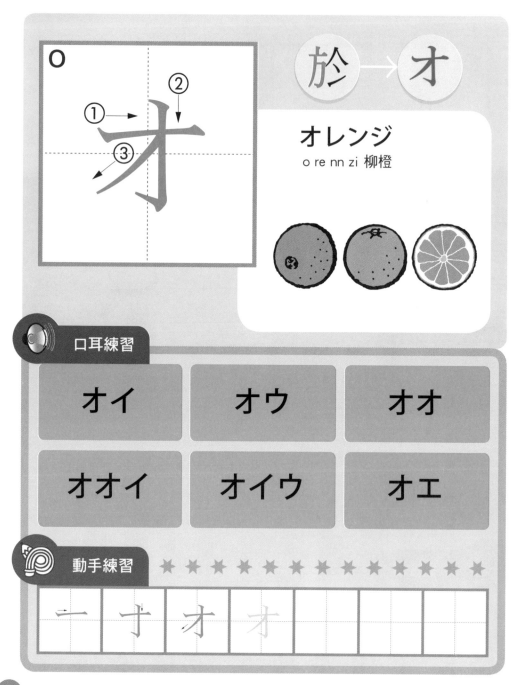

口耳練習

| オイ | オウ | オオ |
| オオイ | オイウ | オエ |

動手練習 ★ ★ ★ ★ ★ ★ ★ ★ ★ ★ ★ ★ ★ ★

一 才 才 才

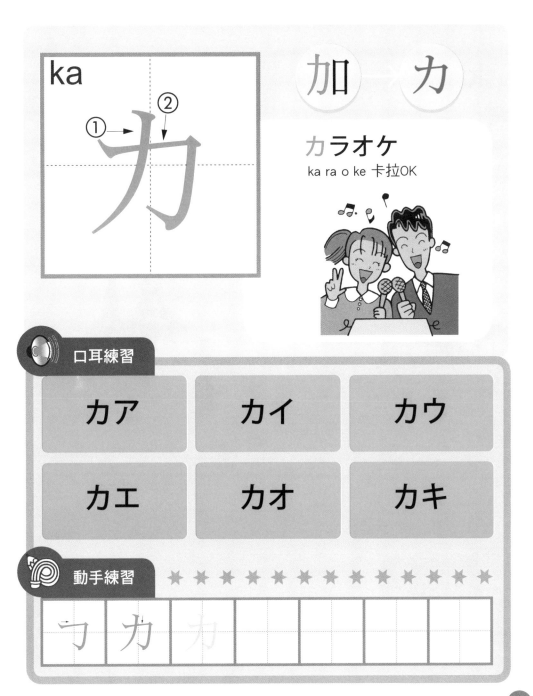

ka

① ②
力

加 — カ

カラオケ
ka ra o ke 卡拉OK

口耳練習

| カア | カイ | カウ |
| カエ | カオ | カキ |

動手練習

★ ★ ★ ★ ★ ★ ★ ★ ★ ★ ★ ★ ★ ★ ★ ★ ★

| ヲ | 力 | 力 | | | | | |

ki

① → ③

幾 → キ

キリン
ki rinn 長頸鹿

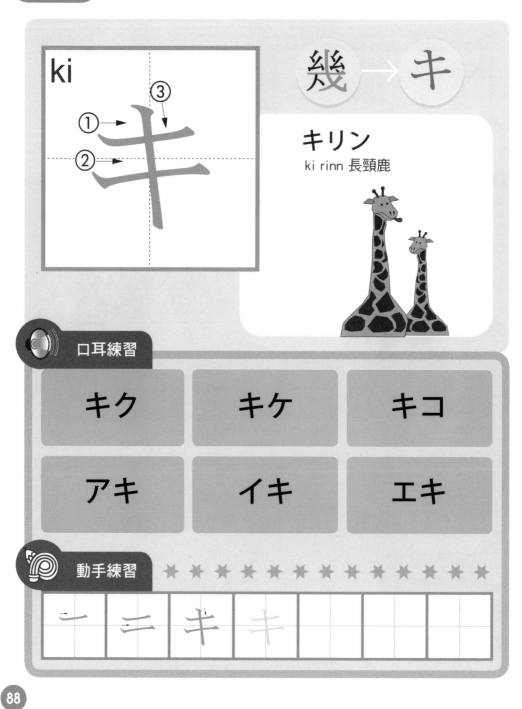

口耳練習

キク	キケ	キコ
アキ	イキ	エキ

動手練習 ★ ★ ★ ★ ★ ★ ★ ★ ★ ★ ★ ★ ★ ★ ★ ★

ー	ニ	キ	キ				

ku

① ② ク

久 → ク

クッキー
kukkii 餅乾

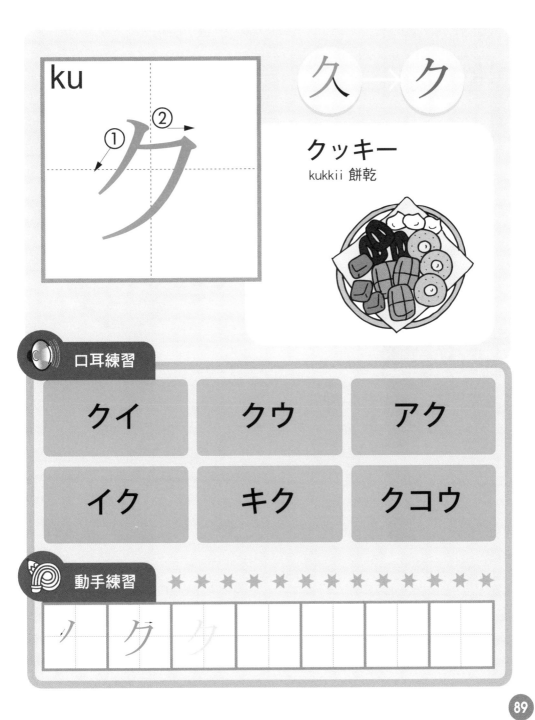

口耳練習

クイ	クウ	アク
イク	キク	クコウ

動手練習

★ ★ ★ ★ ★ ★ ★ ★ ★ ★ ★ ★ ★ ★ ★

ノ ク ク

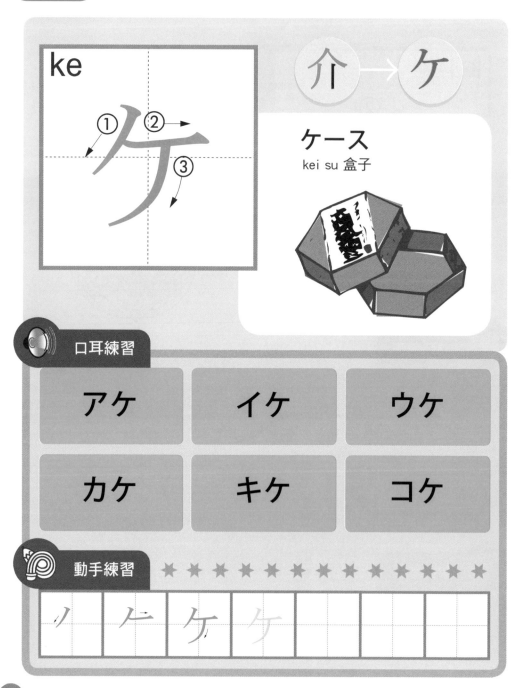

ke

介 → ケ

ケース
kei su 盒子

口耳練習

| アケ | イケ | ウケ |
| カケ | キケ | コケ |

動手練習

★★★★★★★★★★★★★★★★★★

ノ   ト ケ ケ

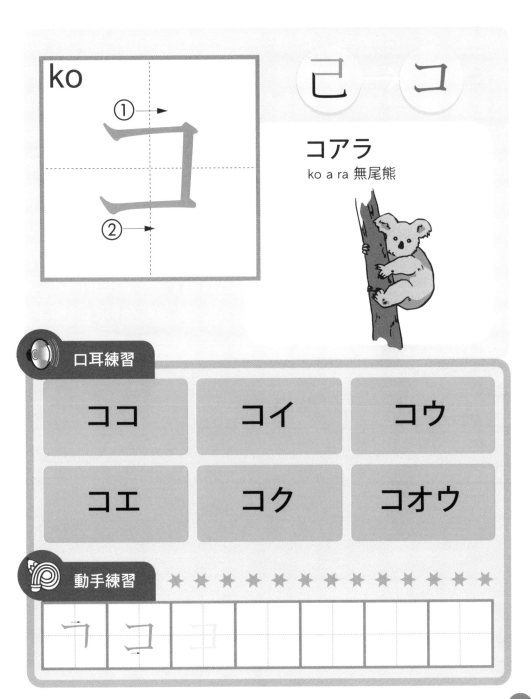

ko

己 → コ

コアラ
ko a ra 無尾熊

口耳練習

ココ	コイ	コウ
コエ	コク	コオウ

動手練習 ✦ ✦ ✦ ✦ ✦ ✦ ✦ ✦ ✦ ✦ ✦ ✦ ✦ ✦ ✦ ✦

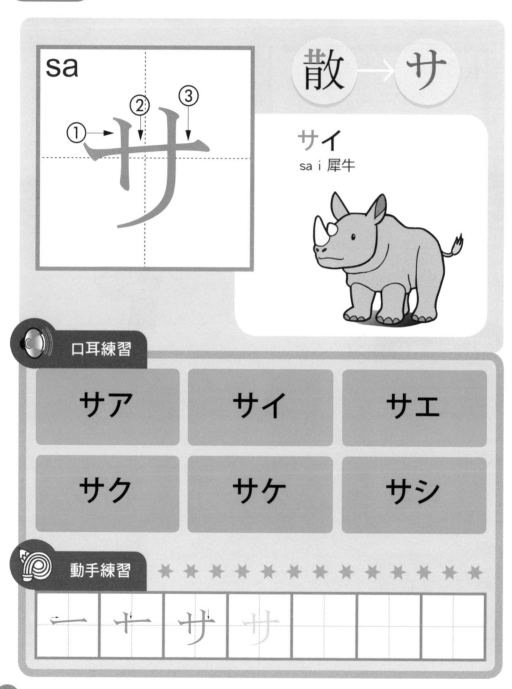

sa

① → サ ② ③

散 → サ

サイ
sa i 犀牛

口耳練習

サア	サイ	サエ
サク	サケ	サシ

動手練習 ★ ★ ★ ★ ★ ★ ★ ★ ★ ★ ★ ★ ★ ★ ★

一	サ	サ	サ				

shi

之 → シ

シウマイ
shi u ma i 燒賣

口耳練習

| シシ | シイ | イシ |
| シオ | シカ | シキ |

動手練習 ✳ ✳ ✳ ✳ ✳ ✳ ✳ ✳ ✳ ✳ ✳ ✳ ✳ ✳

su

① ②

ス

須 → ス

スキー
su kii 滑雪

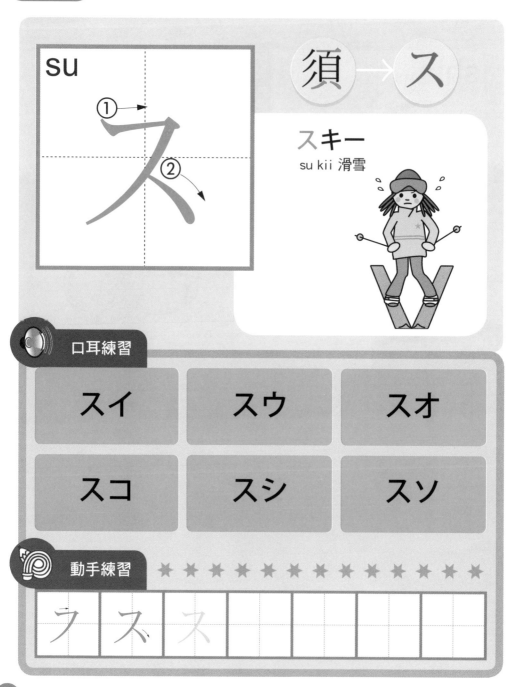

口耳練習

| スイ | スウ | スオ |
| スコ | スシ | スソ |

動手練習 ★ ★ ★ ★ ★ ★ ★ ★ ★ ★ ★ ★ ★ ★ ★ ★ ★ ★

ス ス ス

se

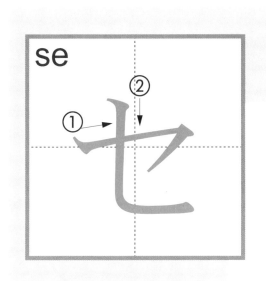

① →
② ↓

世 セ

セーラー
see raa 水手

口耳練習

| セイ | セキ | セク |
| アセ | イセ | カセ |

動手練習 ★ ★ ★ ★ ★ ★ ★ ★ ★ ★ ★ ★ ★ ★ ★ ★ ★ ★

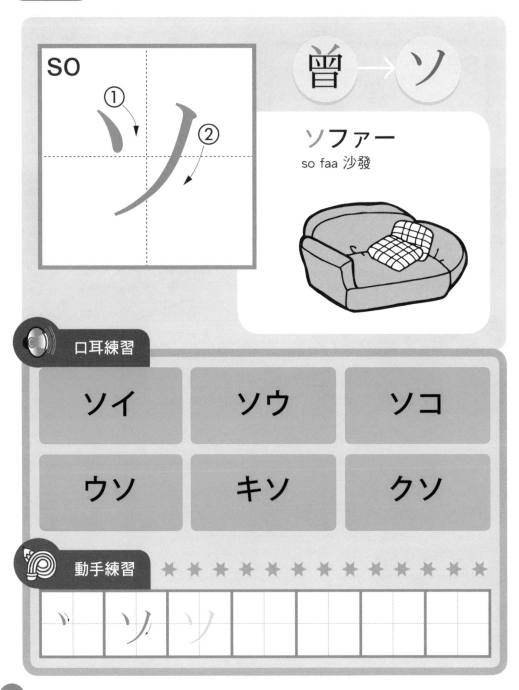

SO

曽 → ソ

ソファー
so faa 沙發

口耳練習

| ソイ | ソウ | ソコ |
| ウソ | キソ | クソ |

動手練習 ★ ★ ★ ★ ★ ★ ★ ★ ★ ★ ★ ★ ★ ★ ★ ★ ★

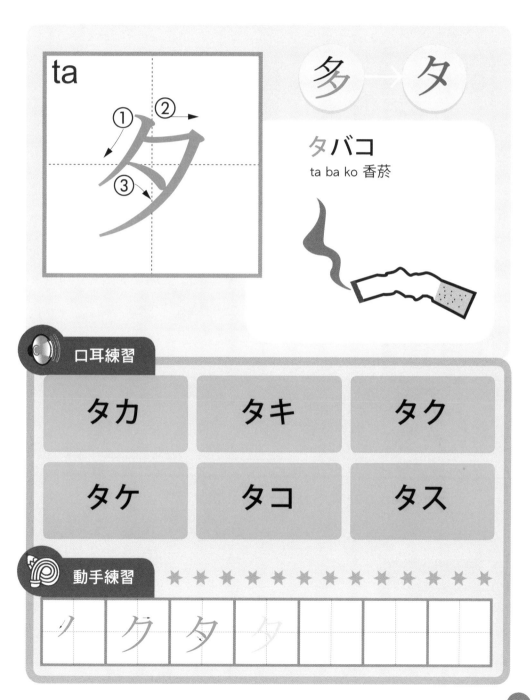

▶ MP3 **30**

ta

① ② ③

多 → タ

タバコ
ta ba ko 香菸

口耳練習

| タカ | タキ | タク |
| タケ | タコ | タス |

動手練習 ✱ ✱ ✱ ✱ ✱ ✱ ✱ ✱ ✱ ✱ ✱ ✱ ✱ ✱ ✱

| ノ | ク | タ | タ | | | |

chi

千 → チ

チーズ
chii zu 起司

口耳練習

| チイ | チエ | チカ |
| チキ | チク | チソ |

動手練習 ★

tsu

① ② ③

川 ツ

ツナ
tsu na 鮪魚

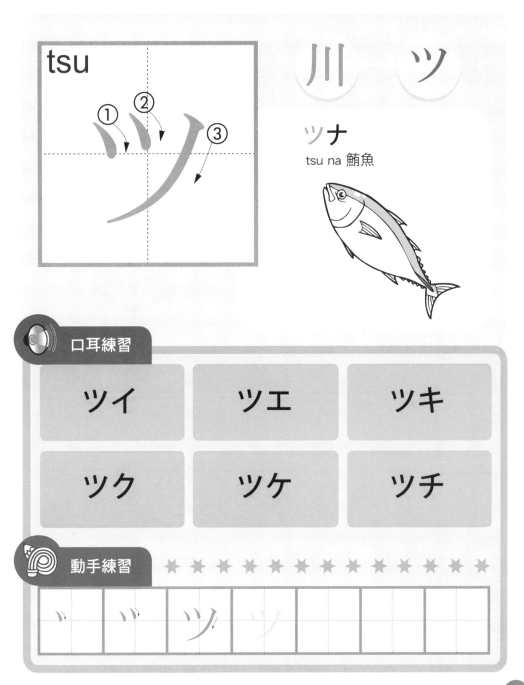

口耳練習

ツイ	ツエ	ツキ
ツク	ツケ	ツチ

動手練習 ★ ★ ★ ★ ★ ★ ★ ★ ★ ★ ★ ★ ★ ★

゛	゛	ツ	ツ			

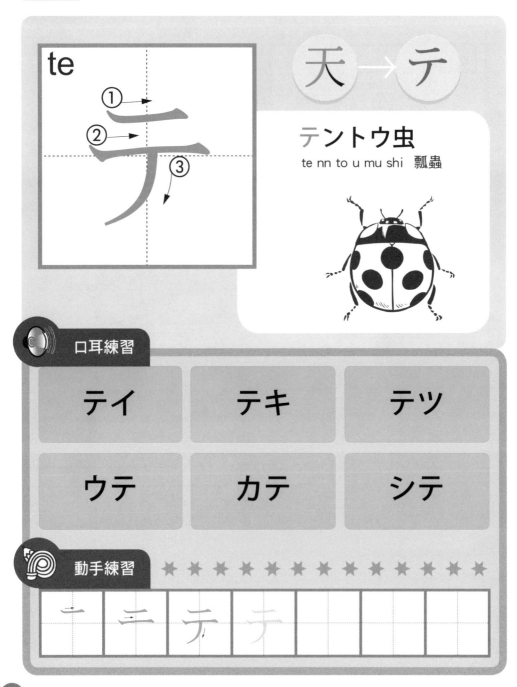

te

天 → テ

テントウ虫
te nn to u mu shi 瓢蟲

口耳練習

| テイ | テキ | テツ |
| ウテ | カテ | シテ |

動手練習 ★ ★ ★ ★ ★ ★ ★ ★ ★ ★ ★ ★ ★ ★ ★

to

① ②

止 → ト

トラック
to rakku 卡車

口耳練習

トイ	トウ	トオ
トカ	トキ	トク

動手練習

✦ ✦ ✦ ✦ ✦ ✦ ✦ ✦ ✦ ✦ ✦ ✦ ✦ ✦ ✦

MP3 **31**

na

① →　② ↓

ナ

奈 → ナ

ナプキン
na pu ki nn 餐巾

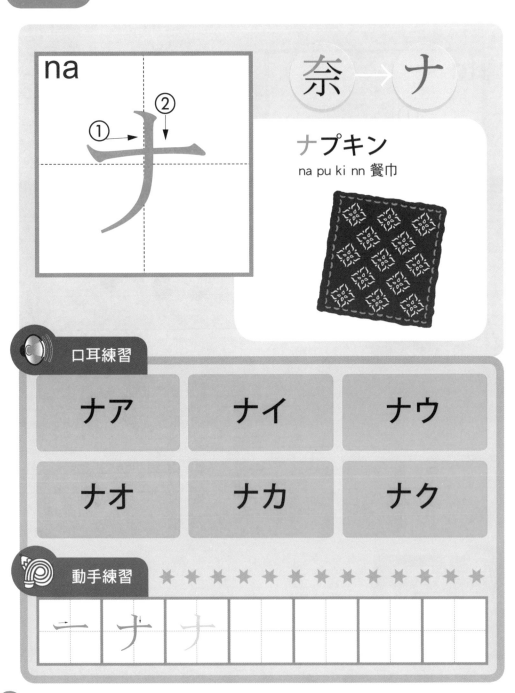

口耳練習

| ナア | ナイ | ナウ |
| ナオ | ナカ | ナク |

動手練習 ★ ★ ★ ★ ★ ★ ★ ★ ★ ★ ★ ★ ★ ★

| 一 | ナ | ナ | | | | | |

ni

① →
② →

二　二

テニス
te ni su 網球

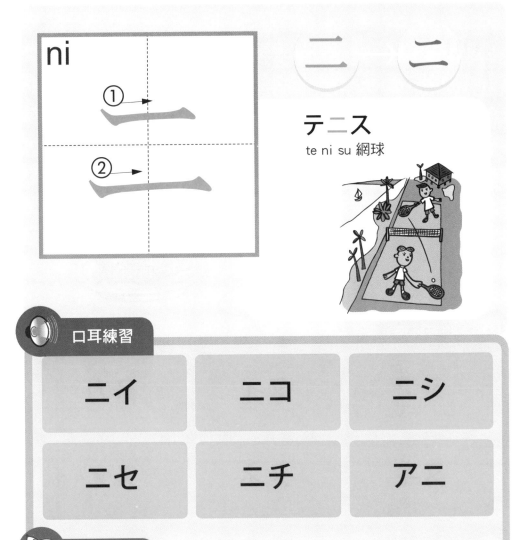

口耳練習

ニイ	ニコ	ニシ
ニセ	ニチ	アニ

動手練習 ✱ ✱ ✱ ✱ ✱ ✱ ✱ ✱ ✱ ✱ ✱ ✱ ✱ ✱

nu

奴 → ヌ

ヌードル
nuu do ru 麵條

口耳練習

| ヌア | ヌイ | ヌカ |
| ヌキ | ヌネ | ヌノ |

動手練習

★ ★ ★ ★ ★ ★ ★ ★ ★ ★ ★ ★ ★ ★

ヌ ヌ ヌ

ne

① ② ④ ③

祢 → ネ

ネックレス
nekku resu 項鍊

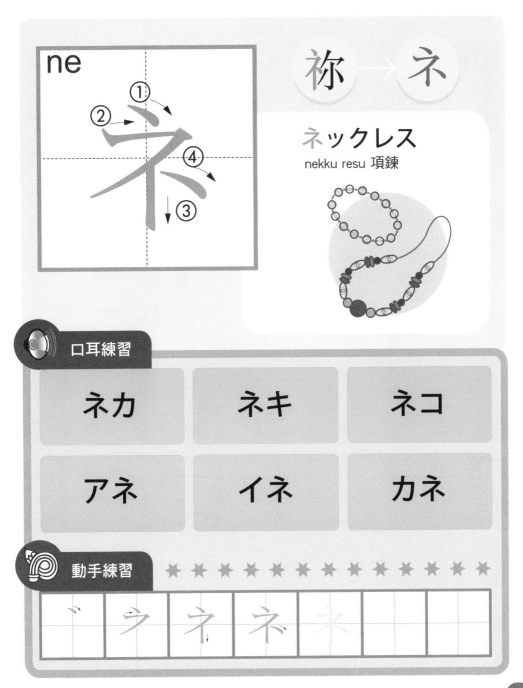

口耳練習

| ネカ | ネキ | ネコ |
| アネ | イネ | カネ |

動手練習

✦ ✦ ✦ ✦ ✦ ✦ ✦ ✦ ✦ ✦ ✦ ✦ ✦ ✦ ✦

ゝ　ラ　ネ　ネ　ネ

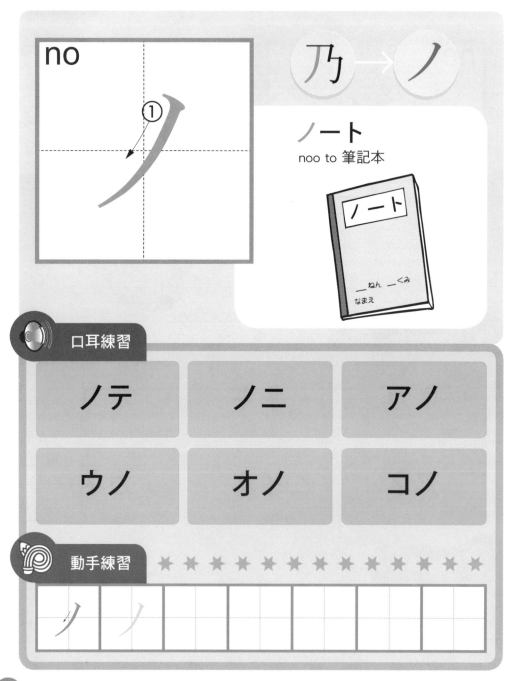

no

乃 → ノ

ノート
noo to 筆記本

口耳練習

ノテ	ノニ	アノ
ウノ	オノ	コノ

動手練習

★ ★ ★ ★ ★ ★ ★ ★ ★ ★ ★ ★ ★ ★

 ▶ MP3 **32**

八行

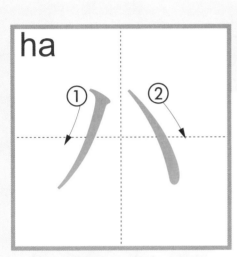

ha
① ②

八　ハ

ハーモニカ
haa mo ni ka 口琴

※「ハ」的發音是〔ha〕，但當
　助詞用時要讀〔wa〕。

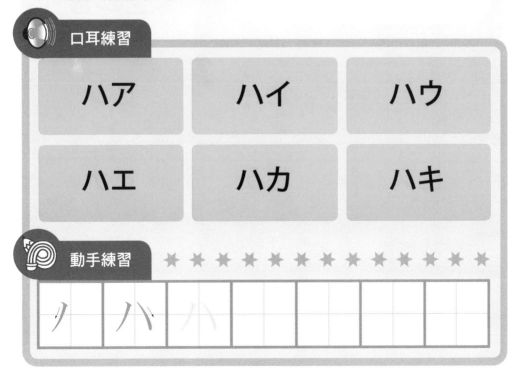

口耳練習

ハア	ハイ	ハウ
ハエ	ハカ	ハキ

動手練習　★ ★ ★ ★ ★ ★ ★ ★ ★ ★ ★ ★ ★ ★ ★ ★ ★ ★

ノ	ハ	ハ					

hi

② ①

比 → ヒ

コーヒー
koo hii 咖啡

口耳練習

ヒヒ	ヒイ	ヒシ
ヒス	ヒテ	ヒナ

動手練習 ★ ★ ★ ★ ★ ★ ★ ★ ★ ★ ★ ★ ★

ヒ	ヒ	ヒ					

fu

① →

フ

不 → フ

フラミンゴ
fu ra minn go 火鶴

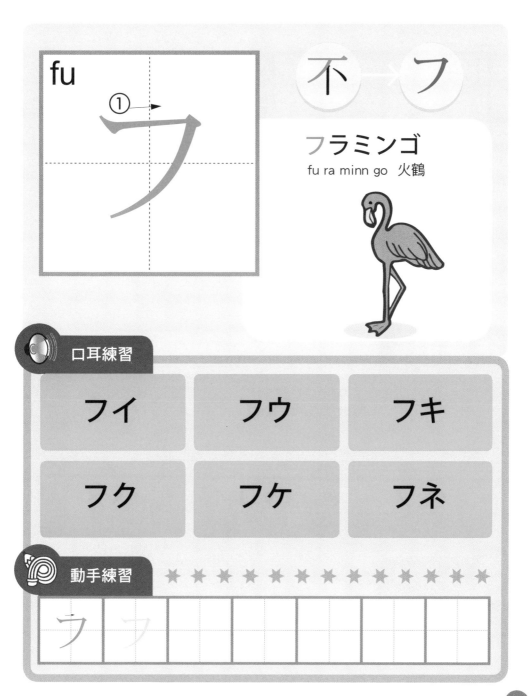

口耳練習

| フイ | フウ | フキ |
| フク | フケ | フネ |

動手練習 ★ ★ ★ ★ ★ ★ ★ ★ ★ ★ ★ ★ ★ ★ ★ ★ ★ ★

| フ | フ | | | | | | |

he

部 → ヘ

①

※「ヘ」的發音是〔he〕，但當助詞用時要讀〔e〕。

ヘチマ
he chi ma 絲瓜

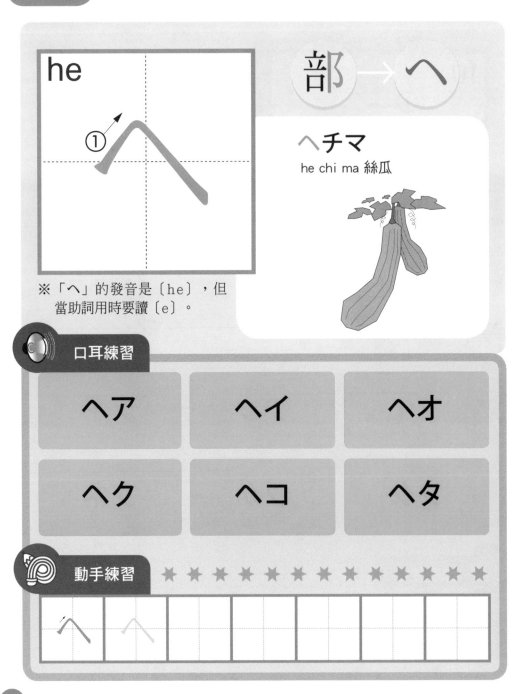

口耳練習

ヘア	ヘイ	ヘオ
ヘク	ヘコ	ヘタ

動手練習 ★★★★★★★★★★★★★★★★

ヘ	ヘ						

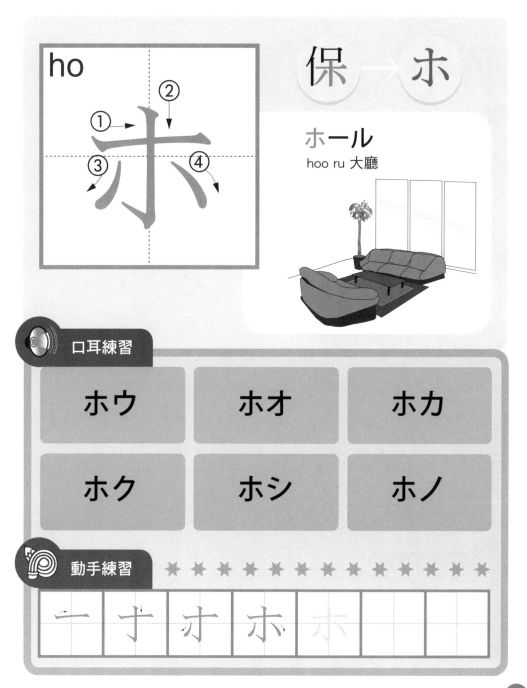

ho

保 → ホ

ホール
hoo ru 大廳

口耳練習

ホウ	ホオ	ホカ
ホク	ホシ	ホノ

動手練習

★ ★ ★ ★ ★ ★ ★ ★ ★ ★ ★ ★ ★ ★ ★

一　才　オ　ホ　ホ

ma

① →

② →

未 → マ

マスク
ma su ku 口罩

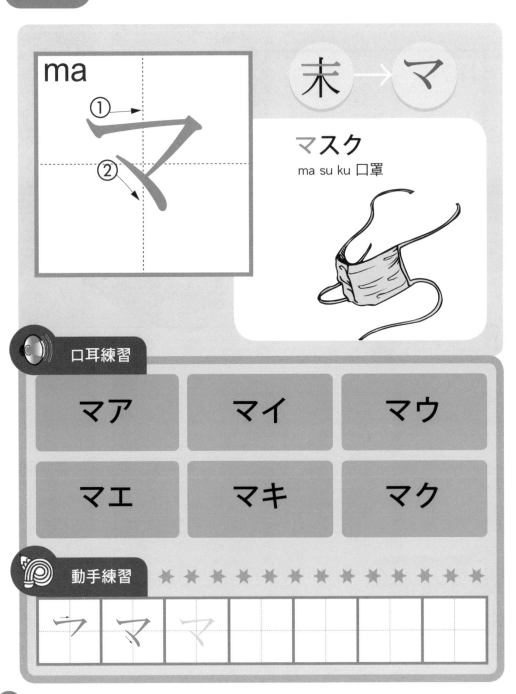

口耳練習

| マア | マイ | マウ |
| マエ | マキ | マク |

動手練習 ✦✦✦✦✦✦✦✦✦✦✦✦✦✦✦✦

| マ | マ | マ | | | | | |

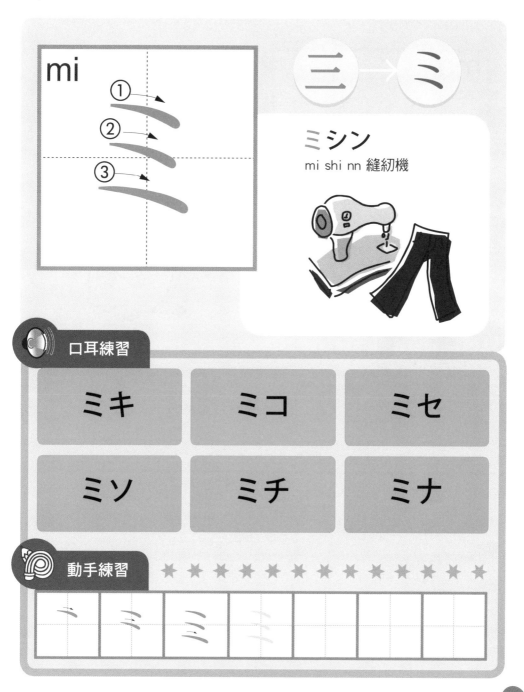

mi

三 ➡ ミ

ミシン
mi shi nn 縫紉機

口耳練習

| ミキ | ミコ | ミセ |
| ミソ | ミチ | ミナ |

動手練習 ★ ★ ★ ★ ★ ★ ★ ★ ★ ★ ★ ★ ★ ★ ★ ★

mu

牟 → ム

① ②

ハムスター
ha mu su taa 黃金鼠

口耳練習

ムカ	ムキ	ムク
ムシ	ムタ	ムネ

動手練習 ★ ★ ★ ★ ★ ★ ★ ★ ★ ★ ★ ★ ★ ★ ★ ★ ★

ム ム ム

me

② ← メ → ①

女 → メ

メニュー
me nyuu 菜單

MENU

口耳練習

メイ	メキ	メシ
メス	アメ	ウメ

動手練習

★ ★ ★ ★ ★ ★ ★ ★ ★ ★ ★ ★ ★ ★ ★ ★

丿 メ メ

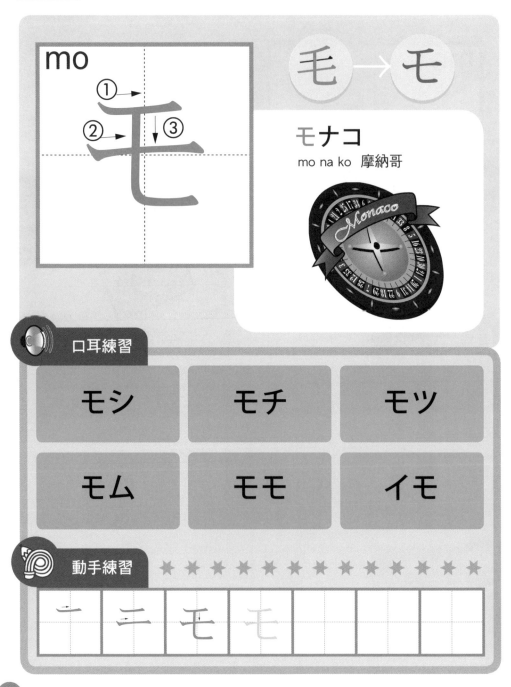

mo

毛 → モ

モナコ
mo na ko 摩納哥

口耳練習

| モシ | モチ | モツ |
| モム | モモ | イモ |

動手練習

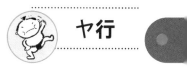
ya

① → ② ↓

也 → ヤ

ヤシ
ya shi 椰子（樹）

口耳練習

アヤ	イヤ	オヤ
ツヤ	ヘヤ	ヤラ

動手練習 ✦✦✦✦✦✦✦✦✦✦✦✦✦✦

ヤ	ヤ	ヤ					

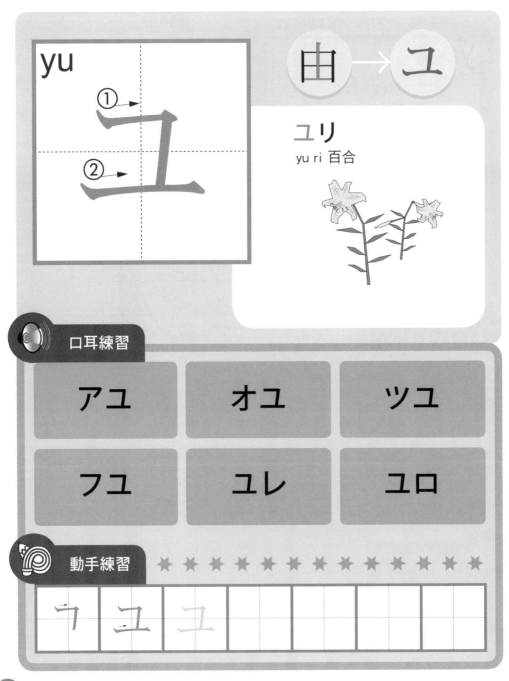

yu

由 → ユ

ユリ
yu ri 百合

口耳練習

| アユ | オユ | ツユ |
| フユ | ユレ | ユロ |

動手練習

★ ★ ★ ★ ★ ★ ★ ★ ★ ★ ★ ★ ★ ★ ★ ★ ★

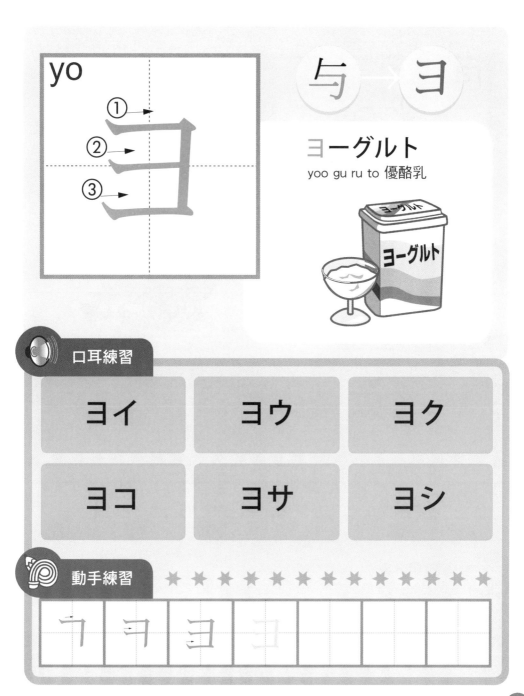

yo

与 → ヨ

ヨーグルト
yoo gu ru to 優酪乳

口耳練習

| ヨイ | ヨウ | ヨク |
| ヨコ | ヨサ | ヨシ |

動手練習 ★ ★ ★ ★ ★ ★ ★ ★ ★ ★ ★ ★ ★ ★ ★

ra

① →
② →

ラ

良 → ラ

ラーメン
raa menn 拉麵

口耳練習

アラ	カラ	サラ
タラ	ナラ	ライ

動手練習 ✱✱✱✱✱✱✱✱✱✱✱✱✱✱✱✱

ラ	ラ	ラ					

ri

① ②

利 → リ

リボン
ri bo nn 緞帶

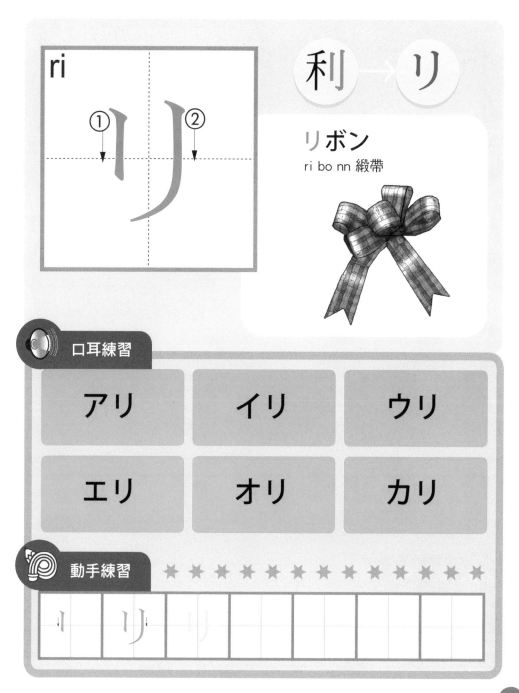

口耳練習

アリ	イリ	ウリ
エリ	オリ	カリ

動手練習

★ ★ ★ ★ ★ ★ ★ ★ ★ ★ ★ ★ ★ ★ ★ ★

リ リ リ

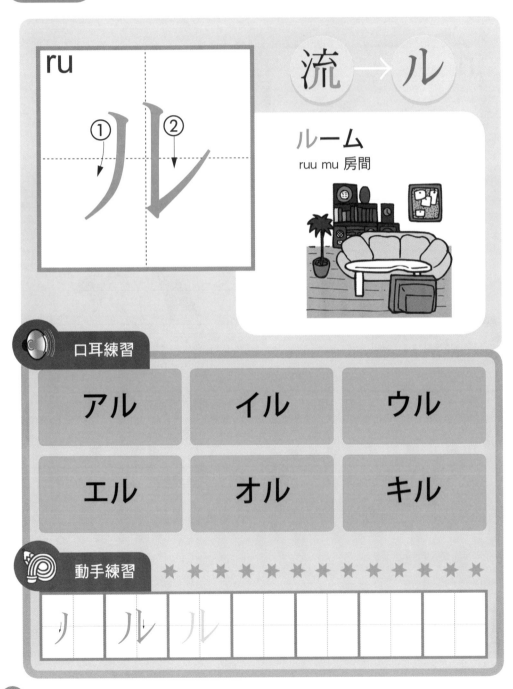

ru

流 → ル

ルーム
ruu mu 房間

アル	イル	ウル
エル	オル	キル

動手練習 ★ ★ ★ ★ ★ ★ ★ ★ ★ ★ ★ ★ ★ ★

ノ ル ル

re

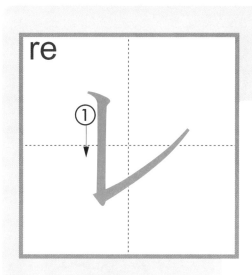

① ↓

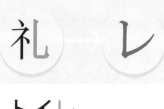

礼 → レ

トイレ
to i re 洗手間

口耳練習

| アレ | カレ | サレ |
| タレ | ナレ | ハレ |

動手練習

★ ★ ★ ★ ★ ★ ★ ★ ★ ★ ★ ★ ★ ★ ★

レ レ

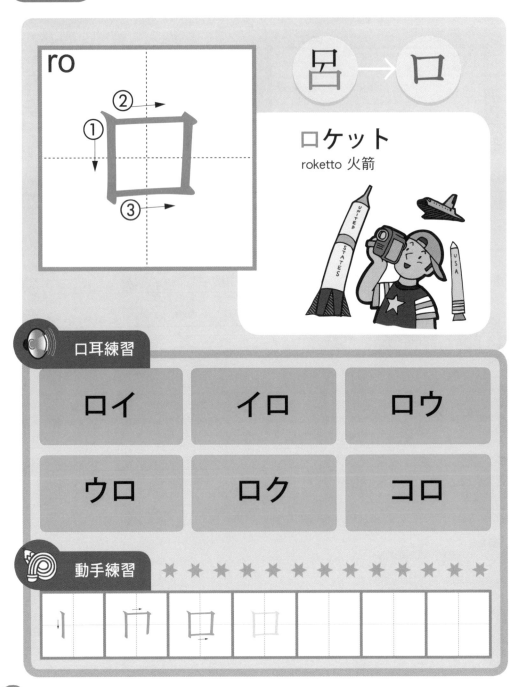

ro

呂 → ロ

ロケット
roketto 火箭

口耳練習

| ロイ | イロ | ロウ |
| ウロ | ロク | コロ |

動手練習

✦ ✦ ✦ ✦ ✦ ✦ ✦ ✦ ✦ ✦ ✦ ✦ ✦ ✦ ✦

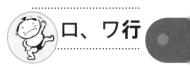
wa

① ②→

和 → ワ

ワルツ
warutu 華爾滋

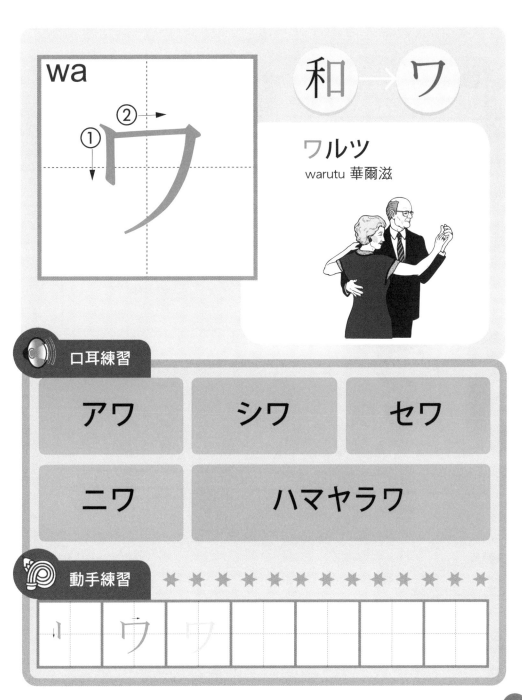

口耳練習

アワ	シワ	セワ

ニワ	ハマヤラワ

動手練習 ★ ★ ★ ★ ★ ★ ★ ★ ★ ★ ★ ★ ★ ★ ★

ワ	ワ	ワ						

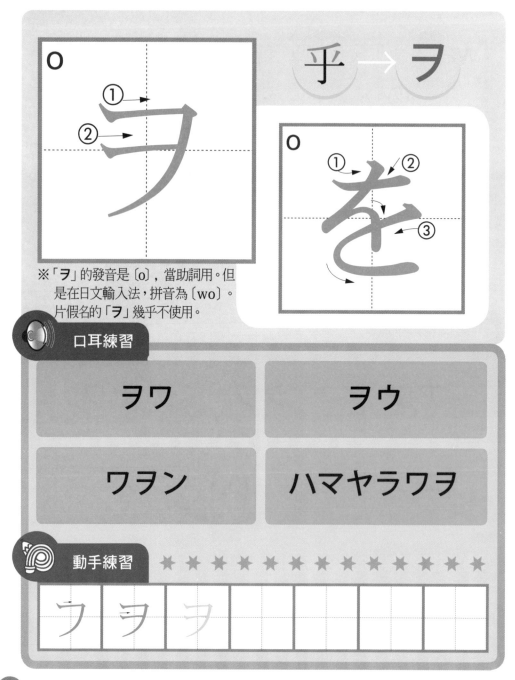

乎 → ヲ

O

① →
② →

※「ヲ」的發音是〔o〕, 當助詞用。但是在日文輸入法,拼音為〔wo〕。片假名的「ヲ」幾乎不使用。

O

① → ② →
③ →

口耳練習

| ヲワ | ヲウ |
| ワヲン | ハマヤラワヲ |

動手練習 ★ ★ ★ ★ ★ ★ ★ ★ ★ ★ ★ ★ ★ ★

| ヲ | ヲ | ヲ | | | | | |

n

① ②

尔 → ン

タンゴ
ta nn go 探戈舞

口耳練習

| アン | オン | サン |

| ホン | ハマヤラワン |

動手練習 ✳ ✳ ✳ ✳ ✳ ✳ ✳ ✳ ✳ ✳ ✳ ✳ ✳

片假名

[濁音] 「カ行」「サ行」「タ行」「ハ行」+「゛」。

ga	ガ				

gi	ギ				

gu	グ				

ge	ゲ				

go	ゴ				

濁音的「ジ(ji)」和「ヂ(ji)」同音。「ズ(zu)」和「ヅ(zu)」同音。
書寫時用「ジ」、「ズ」，少數例外才用「ヂ」、「ヅ」。

za
ザ

ji
ジ

zu
ズ

ze
ゼ

zo
ゾ

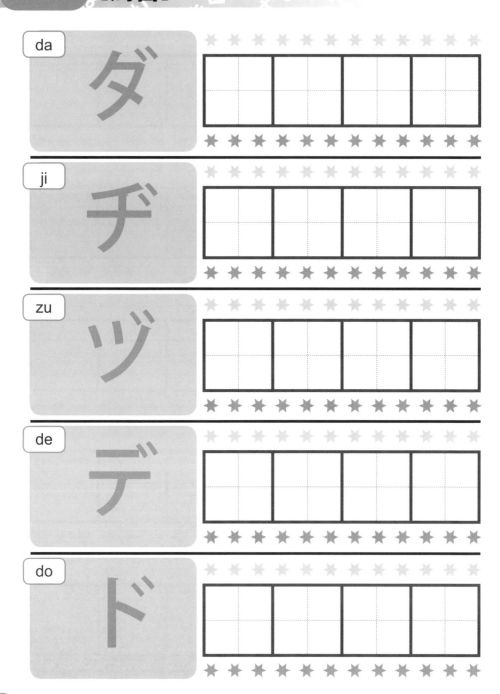

da ダ

ji ヂ

zu ヅ

de デ

do ド

ba
バ

bi
ビ

bu
ブ

be
ベ

bo
ボ

▶ MP3 38 01:32

[半濁音] は行（ハ、ヒ、フ、ヘ、ホ）＋「゜」。

pa
パ

pi
ピ

pu
プ

pe
ペ

po
ポ

[拗音] イ段子音+小寫的ヤ、ユ、ョ。

kya	キャ	★ ★ ★ ★ ★ ★ ★ ★ ★ ★ ★ ★ ★ ★
kyu	キュ	★ ★ ★ ★ ★ ★ ★ ★ ★ ★ ★ ★ ★
kyo	キョ	★ ★ ★ ★ ★ ★ ★ ★ ★ ★ ★ ★ ★ ★
gya	ギャ	
gyu	ギュ	
gyo	ギョ	

[拗音] 拗音是一個音節。

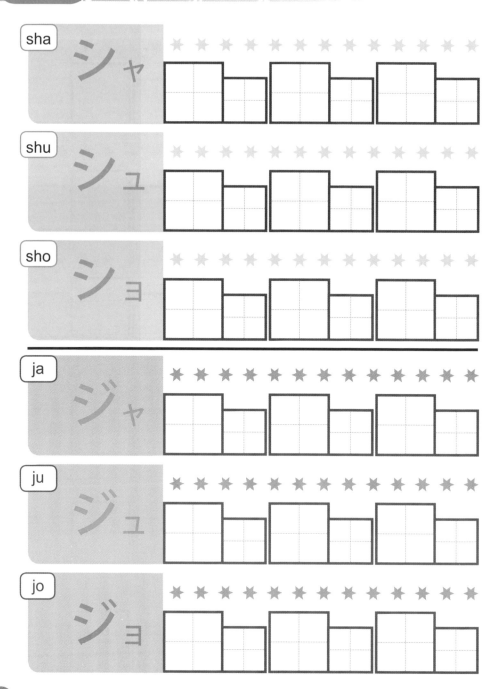

sha	シャ
shu	シュ
sho	シヨ
ja	ジャ
ju	ジュ
jo	ジヨ

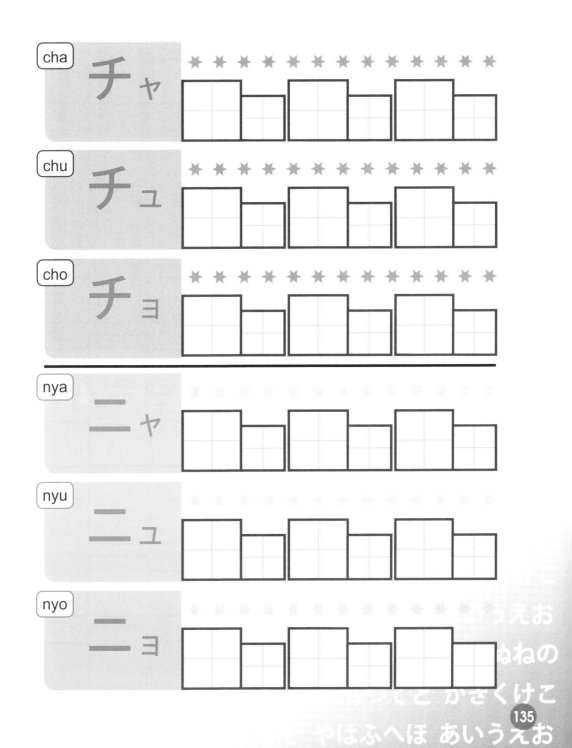

cha	チャ
chu	チュ
cho	チョ
nya	ニャ
nyu	ニュ
nyo	ニョ

▶ MP3 **38** **03:09**

hya	ヒャ
hyu	ヒュ
hyo	ヒョ
bya	ビャ
byu	ビュ
byo	ビョ
pya	ピャ
pyu	ピュ
pyo	ピョ

mya ミャ		
myu ミュ		
myo ミョ		
rya リャ		
ryu リュ		
ryo リョ		

[拗長音] 【拗音 ＋ "あ" 或 "う"。片假名長音以「－」表示。】

きゃあ	キャー	みゃあ	ミャー
きゅう	キュー	みゅう	ミュー
きょう	キョー	みょう	ミョー
しゃあ	シャー	りゃあ	リャー
しゅう	シュー	りゅう	リュー
しょう	ショー	りょう	リョー
ちゃあ	チャー	ぎゃあ	ギャー
ちゅう	チュー	ぎゅう	ギュー
ちょう	チョー	ぎょう	ギョー
にゃあ	ニャー	じゃあ	ジャー
にゅう	ニュー	じゅう	ジュー
にょう	ニョー	じょう	ジョー
ひゃあ	ヒャー	びゃあ	ビャー
ひゅう	ヒュー	びゅう	ビュー
ひょう	ヒョー	びょう	ビョー

ぴゃあ	ぴょう	ピャー	ピョー
ぴゅう		ピュー	

［拗撥音］ 拗音＋撥音

じゅんちょう	キャンプ
順利	[camp]露營

［拗促音］ 拗音＋促音

ちょっこう	キャッチャー
直航	[catcher]捕手

［特殊拗音］ 片假名＋小寫「ァ」「ィ」「ェ」「ォ」。

ファッション	フィルム
[fashion]時尚	[film]底片

チェーン	クォーター
[chain] 鏈；連鎖	[quarter]四分之一

[平假名促音]
促音通常是在か（が）、さ（ざ）、た（だ）、ば（ぱ）行子音之前。

っ＋か行	（か、き、く、け、こ）	**はっきり** 清楚
っ＋さ行	（さ、し、す、せ、そ）	**きっさてん** 茶坊
っ＋た行	（た、ち、つ、て、と）	**あさって** 後天
っ＋ぱ行	（ぱ、ぴ、ぷ、ぺ、ぽ）	**りっぱ** 了不起

[平假名促音]
促音也就是二重音。在日本輸入法中就是重複敲打下一個字的子音（「キッス」＝「kiss」）。

ッ＋カ行	（カ、キ、ク、ケ、コ）	**ソックス** 襪子
ッ＋サ行	（サ、シ、ス、セ、ソ）	**キッス** 親吻
ッ＋タ行	（タ、チ、ツ、テ、ト）	**クレジット** 信用卡
ッ＋パ行	（パ、ピ、プ、ペ、ポ）	**コップ** 杯子

[平假名＋長音]

假名中凡兩個母音相連時，等於第一個母音拉長一拍。

あ段	（あ、か、さ、た、な、は、ま、や、ら、わ）＋あ
	おばあさん 婆婆
い段	（い、き、し、ち、に、ひ、み、り）＋い
	おにいさん 哥哥
う段	（う、く、す、つ、ぬ、ふ、む、ゆ、る）＋う
	ふうふ 夫婦
え段	（え、け、せ、て、ね、へ、め、れ、）＋い
	へいや 平原　　〔少用〕え段＋え　　おねえさん 姊姊
お段	（お、こ、そ、と、の、ほ、も、よ、ろ）＋う
	ひこうき 飛機　　〔少用〕お段＋お　　おおきい 大的

[平假名＋長音]

片假名的長音，以「－」表示。

ア段	（ア、カ、サ、タ、ナ、ハ、マ、ヤ、ラ、ワ）－
	アート 藝術
イ段	（イ、キ、シ、チ、ニ、ヒ、ミ、リ）－
	ビーB　　シーC　　イーE
ウ段	（ウ、ク、ス、ツ、ヌ、フ、ム、ユ、ル）－
	ウール 羊毛
エ段	（エ、ケ、セ、テ、ネ、ヘ、メ、レ）－
	エーA　　ケーK
オ段	（オ、コ、ソ、ト、ノ、ホ、モ、ヨ、ロ）－
	オーO

國家圖書館出版品預行編目資料

世界最簡單：日語50音/林小瑜, 杉本愛莎合著.
-- 新北市：哈福企業有限公司, 2023.05
　面；　公分. --（日語系列; 25）
ISBN 978-626-97124-3-4(平裝)
1.CST: 日語 2.CST: 語音 3.CST: 假名
803.1134　　　　　　　　　112003983

免費下載QR Code音檔
行動學習，即刷即聽

世界最簡單：日語 50 音
（附 QR Code 行動學習音檔）

作者／林小瑜・杉本愛莎
責任編輯／林小瑜
封面設計／李秀英
內文排版／林樂娟
出版者／哈福企業有限公司
地址／新北市淡水區民族路 110 巷 38 弄 7 號
電話／ (02) 2808-4587
傳真／ (02) 2808-6545
郵政劃撥／ 31598840
戶名／哈福企業有限公司
出版日期／ 2023 年 5 月
台幣定價／ 349 元（附 QR Code 線上 MP3）
港幣定價／ 116 元（附 QR Code 線上 MP3）
封面內文圖 / 取材自 Shutterstock

全球華文國際市場總代理／采舍國際有限公司
地址／新北市中和區中山路 2 段 366 巷 10 號 3 樓
電話／ (02) 8245-8786
傳真／ (02) 8245-8718
網址／ www.silkbook.com 新絲路華文網

香港澳門總經銷／和平圖書有限公司
地址／香港柴灣嘉業街 12 號百樂門大廈 17 樓
電話／ (852) 2804-6687
傳真／ (852) 2804-6409

email ／ welike8686@Gmail.com
facebook ／ Haa-net 哈福網路商城

電子書格式：PDF